U0688336

追寻花开的足迹

王继颖 ● 著

山东人民出版社·济南

国家一级出版社 全国百佳图书出版单位

图书在版编目(CIP)数据

追寻花开的足迹 / 王继颖著. — 济南：山东人
民出版社, 2012.8（2023.4 重印）
（青春悦读·当代精美散文读本）
ISBN 978-7-209-06773-7

Ⅰ.①追… Ⅱ.①王… Ⅲ.①散文集—中国—当代
Ⅳ.①I267

中国版本图书馆 CIP 数据核字(2012)第 203665 号

责任编辑：王海涛 刘 晨
封面设计：红十月设计室

追寻花开的足迹

王继颖 著

山东出版集团
山东人民出版社出版发行
社 址：济南市舜耕路 517 号 邮编：250003
网 址：http://www.sd－book.com.cn
市场部：(0531)82098027 82098028
新华书店经销
三河市华东印刷有限公司

规 格 32 开(145mm × 210mm)
印 张 9
字 数 100 千字
版 次 2012 年 9 月第 1 版
印 次 2023 年 4 月第 2 次
ISBN 978-7-209-06773-7
定 价 48.00元

如有质量问题，请与印刷厂调换。(010)57572860

目
录
Contents

目 录
Contents

目 录
Contents

目 录
Contents

目 录
Contents

第一辑

露珠与珍珠

我们对别人的细言微行，虽然只是一颗颗易随时光蒸发掉的朝露，但因为折射了爱与感恩等许多人性中的美好品质，便会积淀成岁月里光彩夺目的珍珠，成为人世间最璀璨动人的瑰宝。

半截故事里的完整

深秋的早晨，随车颠簸在去乡村小学的狭窄路上，我惊惧地想着那些虫子。即将抵达的校园，暗黑的美国白蛾的幼虫，树上挂着，地上爬着，墙上伏着。面对如此庞大的虫子阵容，从小怕虫的我，简直毛骨悚然。

走进校园，正是预备时间，孩子们看见我，小燕子似地飞跑过来，稚嫩的童声满是热情和期待："老师，什么时候再上写字课呀？""上课时，先教写字还是先讲故事？"……小学里老师极缺，音乐、美术等几门非考试课程没办法开。我来支教，除了教五年级语文，还教全校写字。每周一节的写字课，成了孩子们的期盼。可因为一个女老师病倒休假，我得在语文课教学之余去给她代课，所以写字课已停了一月。

我微笑着回答孩子们的问话，同时小心避开校门口那棵榆树——榆树光秃秃的，枝上裹着枯褐色的虫蛹，还有数不清的黑毛虫在蠕动。一个二年级的小男孩儿，吸着鼻子，眦着豁牙问："老师，再上课时，你还接着讲《花环公主》吗？"我点头，他拍着小手蹦跳起来。跳着跳着，他忽然停下，右手伸向我的裙角，捏起一只黑色的毛虫，扔到地上，狠劲用脚踩。之后的日子，记不清多少孩子从我身上捏走可恶的毛虫，我只清楚地意识到，在虫子肆虐的背景中，孩子们在每一个细枝末节传递着对我的爱。

一月之前，二年级写字课上，孩子们写完字，为了填补阅读的空白，我给他们讲童话《花环公主》，故事讲了半截，就被叫出去给生病的女老师代课。

那天，恰好生病的女老师来上班，写字课终于恢复了。我再次走进二年级教室，孩子们顿时活跃起来，有的拍着小手，有的举起双臂，有的从座位上站起来，还有的干脆站到凳子上，好像有人指挥似的，有节奏地欢呼着，表达他们的兴奋和对我的喜欢。写完字，孩子们嚷："老师，接着讲《花环公主》！"我问："故事讲到哪里了？"我以为他们对前面的情节已经忘记。孩子们几乎齐声答出了前半截故事结束处的语句。一个月的时间，七百多小时，几万分几百万秒，要怎样想着念着，才能清楚地记住那半截故事结束时的语句？我强忍感情，眼角还是湿润了。孩子们记住这半截故事的原因，除了强烈的求知欲，一定还有对我温柔关切的神领与回报。

接着故事的上半截，我继续讲下去，尽量把每个细节都讲述得清晰生动。孩子们专心致志地听着故事，有几双小手飞快地摆弄着，小手中是一张张写过字的纸。故事讲完，几只小手向我递过来，小手中，虔诚地举着他们的礼物——听故事时叠的纸宝、纸船、纸衣裤。他们的礼物稚拙粗糙，上面写着的"送给王老师"类的字迹也歪歪扭扭。我接过来，却分明触到了一颗颗童心的热度！

光阴荏苒，我越来越深地爱上这些孩子。因为爱，我可以勇敢地突破虫子的包围圈，笑对寒冬，笑迎春天的来临。

我与乡村孩子们的相遇，或许只是半截讲不完的故事。或许，我没有机会看到这些孩子的明天。但是，这段际遇，会如曾经在小心灵里反复念想的半截故事，每一个细节都清晰地印在我的生命里。半截故事里，承载着爱的点点滴滴。这点滴的爱，有去有回，来来往往，是一种动人的完整。

漫漫人生路，许多黯淡背景中的相逢，都如这半截故事，因为某个缘由，发展一段拨动人心的情节，或许没有高潮和结局，只如浮掠一时的光影。但那光与影，因为折射了人性的美好，会使我们的旅程，愈发鲜活生动。就让我们，带着挚爱真情，把每半截故事，都书写得完完整整！

雪夜里的阳光

　　雪花静静地飘落，融化成脸上的丝丝冰凉。冬夜已深，她走在校园空寂的甬路上，脚踩在雪上发出的咯吱声增添了心中的恐惧，她打个寒颤，步子快起来。从画室到宿舍楼，仅有几百米的距离，倦乏的她恍然有隔世之感。终于走到女生楼前，她舒了口气，准备进去。楼门是锁着的，忽然想起学校的规定——每天晚上十点半熄灯后楼门会上锁。此时已是午夜，楼内悄无声息，同学们都安然入睡。该怎么进去呢？

　　在楼前徘徊了一会儿，她不再犹豫，壮了壮胆儿，两手攀住一楼僵冷的护栏。要想回宿舍，只能沿着这护栏爬到二楼的阳台，阳台里面是洗衣间，从洗衣间可以回宿舍。她顾不上危险，只希望马上回到温暖的被窝里。她正手足并用艰难地向上攀爬，突然，一个低沉的声音从脚下响起——有人在喝令她下来。她被吓得哆嗦一下，身子差点摔下去。她很吃力地从栏杆上退下，老主任威严地站在那里。老主任负责学校治安，每天检查学生的作息，他工作认真，为人严厉，从不轻易放过违纪的学生。

老主任的手电筒发出一道红亮的光，在眼前单薄的女孩儿身上脸上晃了晃。他怒问她为什么深夜爬楼，她乖乖交待事情的缘由：她是个热爱美术的女孩儿，高三的她希望能顺利通过美术学院的专业测试，也梦想毕业前能在学校办一次个人画展；高三的学习空前紧张，于是她决定每晚九点半下自习后去画室加班，想不到第一天就沉浸在线条与色彩的世界里忘记了时间。她向老主任保证，今后再也不会迟归宿舍了。

老主任耐心地听完，语气变得温和起来："孩子，做事贵在坚持，明天还可以去画室，只是别再爬栏杆，那样做太危险，也别画得太晚，得注意休息。我有楼门的钥匙，以后每天给你开门。"说完，老主任掏出一串钥匙，手电筒的光线对准了楼门上的大锁。老主任和楼门间横着道亮亮的光柱，轻盈的小雪花在光柱里调皮地飞舞，晶光闪闪，格外美丽。她感觉凄冷的雪夜里，多了道暖暖的阳光，光柱里的小雪花，成了快乐的蝴蝶，飞进她的心里。

那夜之后，静静的冬夜里，她每晚坚持去画室，经常是画兴未尽却发现已夜阑人静。她不再害怕楼门紧锁，因为总有一个人会在午夜前迎她走回宿舍楼前，默默地在冬夜寒风中为她开门。那道手电筒的光芒照亮的，不止是几百米的甬路和那把铁锁，还有一颗年轻向上的心。

　　春暖花开的季节，她以优异的成绩通过了美术学院的专业测试，并成功举办了个人画展。多年后，她成了画界小有名气的女子，她一直记得冬夜里那道柔和的光芒。那光芒昭示着：在人生的某个瞬间，即使是一只小小的手电筒，也会给冬夜添一道温暖的阳光，照亮一条恒久坚持的奋斗之路，通向繁花盛开的春天。

两千八百米悬崖上的牵手

整整一个暑假，为了给彝族山村再找一名老师，他几乎跑遍县城的每个角落。快开学了，他心急如焚。找过的人，有的嫌工资低，有的说彝族孩子不好教，有的被山"路"吓退，甚至有人讥笑说："没人敢去，你只有去请探险家……"

她是他唯一能请得动的"探险家"。答应他的请求时，她只是不想再看他愁眉不展，只想去看看，他呆了一年的学校，是什么样子。

她跟了他，沿着崎岖山道走下深深的峡谷，挪过大渡河激流上晃荡的铁索，提心吊胆爬了一段悬崖，前面再无路可走。一架破旧的木梯近乎垂直地悬在峭壁上，看一眼就让她心惊胆颤。她被他牵了手，艰难地爬上"天梯"。她和他，身体紧贴着绝壁，身后是 2800 米深的悬崖。四五个小时，仿佛穿越了生与死的距离，在他的帮助下，她终于攀爬完五架"天梯"，气喘吁吁来到山顶。

那是怎样的情景啊：学校都是茅草房，他的屋里连张床也没有，只有一张破旧的书桌，一堆泥土架起一口锅，就是做饭的地方……蕴蓄在她胸中的泪再也咽不回去，噼里啪啦地落下来。刻骨的心疼让她不忍离开。

一年前，在小镇教书的他抱着看一看的态度来到天梯下，下来迎接的乡亲连拉带拖，他才冒险来到山顶。茅草房前七八岁的孩子，不论男女，都光着屁股；饭桌上，老乡吃着玉米馍和酸菜汤，他面前，却是冒着香气的炖鸡，他掂得出杀掉这只鸡，等于多少天没盐巴钱……孩子们的无知和村民的热情，让他莫名地心酸，擦干眼泪，他留在这个落后的山村。

山村小学停课十多年，村里大大小小的孩子，都是文盲。他一个人，实在教不过来。拉她离开安适的小镇到这危崖上受苦，他，有太多的愧疚与无奈。身穿破衣的孩子们没有鞋穿，学习起来却孜孜不倦，她看在眼里，柔软的心底滋长着如他一样的爱和责任。

他和她，栉风沐雨，负重抗病，克服小家庭的种种困难，白天上课，晚上在煤油灯下备课处理作业。不断有外村的孩子慕名而来，982 个星期，他和她，每周一准时下天梯接孩子们上去，每周五又要亲自把他们送下五道崖梯，大一点的由他们帮扶慢慢爬上爬下，小一点的还需要他们背着上上下下。

18年后的春天，他和她下天梯，下悬崖，过铁索，乘摩托，坐汽车，长途辗转来到北京，站到中央电视台的闪光灯下。他们牵着手，淡定从容，像一对飞落人间的天使。第一次来首都，问起他们的愿望，他说想去天安门，希望能有个相机拍回些照片，让山村的孩子们多长些见识。问起她的工资，她答已从100元涨到230元，脸上挂满知足的微笑。那一刻，荧屏内外，泪光闪闪！谈起未来，他们表示："如果没有接班人，只要爬得动，就要上山教孩子。"

他和她，就是四川凉山甘洛县乌史大桥乡二坪村的教师，2008年感动中国的李桂林和陆建芬夫妇。2800米悬崖上的牵手，诠释着爱心与责任。他们，"在最崎岖的山路上点燃知识的火把，在最寂寞的悬崖边拉起孩子们求学的小手，19年的清贫、坚守和操劳，沉淀为精神的沃土，让希望发芽"。

长了翅膀的花生

家在农村的学生送来一大袋子花生。那些花生粒粒饱满，剥开一颗，把粉衣的豆儿放到嘴里，嚼出的是秋的清香，是记忆的微甜，是暖心的感动。

大概是刚刚记事那年秋天的一个下午。我随母亲到生产队的地里拾花生。那年花生大丰收，刨走带果的秧，泥土上下还躺着藏着不少从秧上逃掉的花生。我拎了小小的篮儿，专捡躺在泥土上的大个的果儿，花生带着把儿，沾着润湿的泥土，像许多可爱的娃娃。我每捡一枚，便小心搓掉壳上的泥、揪了把儿，这才把干净利落的果儿放到篮里。黄昏时，我的小篮儿满满的，里面全是体面饱满的花生。我拎着沉甸甸的篮儿跟在母亲身后，把花生交到队长那去。队长低头看看篮儿里的花生，又看看小小的我，笑着对母亲说："这闺女心儿灵，做事细致，上学准聪明！"看着他笑出的豁牙，我也笑，因为知道在夸我的好。队长没有收我那篮儿花生，让母亲拎回家煮给我吃。就是从那时起，对上学怀了份小小的梦想。在那物质极度匮乏的年代，小女孩儿的梦想，就是一小篮儿颗粒饱满、洁净新鲜的花生吧！

后来，在村里地头跑来跑去，常听大人们夸我，这闺女聪明，长大准有出息。于是母亲便乐乐地希望着，梦想我能圆她因贫穷而断了的上学梦。

我没有辜负大人们善意的夸奖和母亲的希望，上学时真的很聪明，长大了或许真的在他们眼里有了些"出息"。然而，离开村子离开土地的我，不过是一颗长了翅膀的花生，依然带着泥土的质朴和清香，在城市的大街小巷，在菁菁校园的花前树下，在知识和梦想的天空飞翔，希望可以飞得再高些、再远些，希望属于自己的世界，更多些精彩。

这个来送花生的女孩儿，离开村子不过几年。在村里的时候，应该也和我一样，因为一些小小的细节，受到大人们夸奖了吧？那夸奖里也该带着质朴的希望，像我们村大人们的夸奖一样。她的母亲，也一定像我母亲那时一样，对女儿的未来怀了美好的期待，于是把女儿送到条件更好的城里来上学，自己则辛勤地在田间劳作，忍受想念女儿的苦。女孩儿常常在日记里表达对村子对母亲的思念，我也常常在她的日记里写下劝慰鼓励的话语，希望她不辜负母亲和自己受的苦，努力学习，长大后能有所成就。女孩儿真的很努力，学习成绩越来越好。知道女孩儿的家境不好，我帮她申请了助学金。这袋花生里，定有一个朴实的农村母亲对老师的感激，和对女儿美好明天的希冀。

　　女孩儿怯怯地坐在我身边，俊俏的小脸带着羞，红得格外可爱。我给她洗了水果，塞到她手里，她捧在手里不肯吃。我找出有我文章的学生杂志给她看，自己也随手拿起本书翻开。秋天的光阴静静的，偶一抬头，又看到那袋子花生，挤挤挨挨的花生瞬间长了翅膀，正努力向着梦想的天空飞翔。

憾如花开

怒放的栀子花散着芬芳。这盆花儿已在我窗前开了三年，看到它晶莹的花朵，心头总是别样的暖。送花儿的是我教过的一个男孩儿，如今他大学刚毕业，在一家公司做培训师。

男孩儿从云南赶回来，风尘仆仆地到我家，手中拎一盒普洱茶。得知他休息两天就要离开，我嘱咐他："以后别总惦记我，多陪陪你母亲。"

印象中，他母亲没有工作，身材瘦小，面容苍白却温柔慈祥。他上初三时，学校离家远，上晚自习前来不及回家吃饭，每天下午放学铃一响，他母亲会准时出现在教室门口，把一个大大的饭盒递到儿子手中。我注意过男孩儿打开的饭盒，里面的饭菜很注意营养搭配，能看出一个母亲的精心。如今，儿子学业有成，悉心照顾儿子的母亲，该是最欣慰的时候。

听我提到他母亲，他脸上的笑容凝固了，神情变得黯然。沉默一会儿，他说："老师，怕您伤心，我一直没……跟您说起，其实，在我上大一时，母亲就去世了。"

"她？怎么回事？"我愕然。

"是肝癌。我上高三那年查出来的……"

我转过头去，望向窗前的栀子花，泪眼迷蒙中似乎看到清鲜的香气在空中弥散。高三，那是冲刺高考的关键时期啊！一个十七岁的孩子，默默承受着从天而降的灾难……

算来，他送来这盆花的时候，他的母亲刚去世，他一定遇到这样那样的许多难题，他却对我只字不提，独自承受了巨大的痛苦。去年春节他来时，我正准备包饺子，恰巧有其他客人来，他便独自在厨房忙碌。客人离开，面和馅都已变成小巧精致的饺子。当时，我只高兴地说："你妈有你这样的儿子真是好福气。"却没注意他的神色，更不知道他的心情。几年来，我一直认为他依然受着母亲格外的宠爱，是个知足惜福的大孩子，却从未想到他一次次微笑着给我送来关爱和温暖的同时，正经历着无数的痛和难。

我越想越伤感，泪，也不断涌上来。他的手搭在我肩上："老师，您别难过。母亲刚去世时，我伤心得不知怎么办才好。后来，我一想起她，就会想到您。还记得，有一次我发烧，您把脸贴在我额头上，又给我端水拿药，像我母亲一样，那时我就把您当成妈妈了。于是就买了花来看您。除了您、还有许多值得我爱的人，我可以把失去母亲的遗憾化作对您、对他们的爱。"

他看看窗前的栀子花，轻声说："这是我最喜欢的花儿。它的花语，是喜悦。"

他走后，我上网查对栀子花语的解释：喜欢它的人，应有感恩图报之心，只要别人对自己有少许和善，便应诚心表达谢意。

虽然，人生不如意事常八九，生命中的遗憾在所难免，但一个人的遗憾却可开成别人窗前的栀子花，亮丽芬芳别人的生活。有了这善良的赤子之心，有缺憾的生活也可充满喜悦。

剪除心中的杂草

开学第一天，许璇转入我班。她黄白的小脸儿，瘦小的身子，裤腿上有一块蝴蝶状补丁——一定是个贫家的孩子，我心中顿生怜爱。

了解她的家境，她却不愿作答："老师，别问了，我肯定做个让您满意的学生。"她憨态可掬的笑意里洋溢着乐观和自信。填写家庭情况，父亲竟不和她同姓。再看到她面目模糊的文具盒和少得可怜的文具，想帮她的念头更加强烈。

我马上向学校为许璇申请助学金，她却有些尴尬："老师，我家确实困难，可我得回家商量下，看我妈能不能同意。"受资助的好事，哪个家长不同意呢？

第二天，许璇来上学，身边跟着个穿红袄的中年女子，是开学那天送她来的女人。仔细端详她，头发干枯，面色黑黄，久经风霜的模样。她一见我就忙不迭地道谢，谢我帮许璇申请助学金救了她家的急。接着她向我介绍了她的家庭情况。

她和许璇来自山东的一个小镇，许璇的父亲从小娇生惯养，婚后游手好闲，贫困的生活让他干起偷鸡摸狗的行当，进过几次班房仍恶习不改。她的劝说哭闹都无济无事，于是毅然与他离婚。她带了女儿来到河北，年前改稼给小城内一个患有类风湿病的下岗工人。日子虽依然一贫如洗，不过好歹有两间旧房，给了她们母女一个挡风避寒的家。没有文化的她只能推着平板车卖菜卖水果，挣点小利养家养孩子。

她叹口气说："你瞧我，半天还没说清今天来的目的。我们不能白让学校资助，你得和学校说说，给我找点活儿干。我不能让孩子从小就有依赖和侥幸心理……"

尽管我再三解释资助贫困生是国家政策，不是学校和老师的恩惠，她还是执意要为学校做点什么。我只得陪她穿过花园小径去找校长。春天的花园里，花树在蕴酿花事，杂草也在生机勃发，她突然受了启发："我可以抽空儿来管理这个园子。"

从此，她每隔十来天就在花园里出现一次，剪枝、捉虫、除草、松土……经春至夏，花繁叶茂，这个小花园，因为她的劳动，成为校园中一处靓丽的景致。

作家校长张丽钧曾感慨过贫穷对人心和人性的扭曲——旅游区一些穷孩子违心地向游人重复"你很漂亮"这句恭维语，只为在苦寒生活中赚取一点点甜味。而这位贫穷的母亲，夏日炎阳下仍坚持在花园里挥汗如雨，用质朴的行动剪除着孩子心中可能因贫穷而生的杂草。她播撒到孩子心中的种子，是贫而不穷，是知恩图报，是率真无邪的美丽。

阳光满窗

　　元旦放假前一天，狂风裹挟着寒冷，在小学校园里扫荡。我正瑟缩着站在讲台上给孩子们讲课，突然一阵稀里哗啦的爆响，教室后面窗子上一块松动的玻璃碎落到地上。呜呜的风声刹时闯进来，一排排针似的向骨头里刺。这所小学地处僻远乡村，交通极为不便，安块玻璃也是件不小的事。

　　开学这天，我随着预备铃声踏进校门，又看到那个碎掉玻璃的窗口，放假前稀里哗啦的声音冰碴似的溅到心头。我不敢想象怎样在冰窖般的教室里开始新年的第一课。

　　教室里人影晃动，不知愁的孩子们在快乐地玩耍。一个男孩儿看到我，迅速跑到窗前，窗子里绽开一张灿烂的笑脸。男孩儿挥着手大声向我问好，他的声音被教室里别的孩子听到，一张又一张笑脸凑到窗前，在热忱的招呼声里，明媚地绽放。

有几张脸被挡住半面，却并不影响微笑的饱满；有的孩子索性就近搬个凳子站上去，以向我展示迎接的盛情。这个漏风的窗口，很快被笑容塞满。

我站在教室外，看着满窗的笑脸，感受着孩子们盛大的欢迎仪式，眼前闪烁着大朵大朵的阳光。我掏出相机，满窗的阳光定格成永恒。

第一个跑到窗口的男孩儿，俊秀的小脸盛开在正中间。来这所学校支教的第一天，我拎着大大的包裹走进校门。他正在校门口玩儿，看到我，友好地跑过来，喊一声"老师好"，便夺过我手中的行李包，愉快地向宿舍挪去。

那个淡眉小眼儿，被窗框挡住嘴的男孩儿，个子很矮，顽皮得像只猴子。他的家，就在学校旁边。学校里常停电，停电时无法从地下抽水，中午我们常要面临无水之炊。这个男孩子，听到上下课的电铃声换作哨子，就会跑到我跟前，向我讨了水桶带同学到他家抬水。矮小的他，吃力地抬着满满一桶水走进我们宿舍，满脸的善意和自豪。他笑盈盈地说："老师，我家的大缸里，随时给您存着水呢！

最后面那个站在凳子上的胖女孩儿，红红的圆脸像个熟透的大苹果。她的成绩，是班里最优秀的。为了鼓励孩子们进步，我坚持从城里买最好的糖果作为奖励。这个女孩儿，从不肯领取我的奖品，她每每笑着摆手，用甜甜的童音说："老师，您别花钱买糖果了，剪朵小花儿给我们就好，您来这儿教我们还要花车费，破产了怎么行！"

......

　　窗内的孩子们，是一颗颗小小的太阳，他们的笑容，散射着善良、淳朴、热心、感恩，是冬日里最温暖的阳光。隆冬腊月，内心的和煦驱赶着身体的寒冷。我又何尝不是别人世界里的太阳？新的一年，我会和懂得爱与感恩的芸芸众生一起，努力将人性的美好，开成大朵大朵的阳光。

最好的爱是播种

去新建的幼儿园必经一条新修的甬路。甬路狭长，两侧是高墙，路与墙间是两条儿新鲜的泥土。不知什么时候，草芽冒出来，野花钻出来，蒺藜也爬出来。都是小城内少见的植物，没人理睬便吸风饮露地疯长。草渐呈燎原之势，牵牛花攀上高墙，最茂盛的是那一丛丛蔓生的蒺藜，不安分的藤叶延伸到路边，想用带刺的身子拉住孩子们的脚。

夏秋之季，甬路边的野生丛里蚊蝇齐飞，蚂蚱乱蹦，偶尔还会有老鼠小蛇之类跑到甬路上打个滚伸个懒腰。水一样白嫩的小姑娘摘牵牛花时被蚊子咬了满身包；顽皮的小男孩儿捉蚂蚱时被蒺藜划伤了胳膊和腿；突然看到老鼠和小蛇，漂亮的妈妈被吓出一身冷汗。接送孩子的大人们，走过甬路时速度越来越快，抱怨也越来越多。

冬天来了，干枯的茎叶在寒风中瑟瑟缩缩。老园长带着年轻的老师们走下甬路，拔掉荒草，铲掉蒺藜。枯藤败叶，堆起几座小山。甬路上，大班、小班、中班，队列整齐的孩子们一直看着小山被拖拉机装走，甬路两侧恢复最初的清净。

但是，这两条儿荒草会不会像白居易诗中写的那样，一岁一枯荣，被春风衍生得葱茏繁盛，年复一年地给孩子们一点儿小小的麻烦、淡淡的伤痕呢？

很快就到了草和蒺藜复苏的春天。老园长又带着老师们走下甬路。这一次，生过荒草蒺藜的泥土被铁锹翻了一遍，又被耙平整，被土垄分成一个一个小小的畦。每个畦里都被均匀地挖出一行行一列列小坑。孩子们依然排队站在甬路上，睁大好奇的眼睛看园长和老师像做手工似地把两条儿泥土改变着形状。

一颗颗种子递到孩子们的小手上。在园长和老师的指挥下，孩子们也走下甬路，来到一个个小坑前，把各色各样的种子虔诚地放进去，再把小坑埋好，将各自带的瓶里的水浇上去。在此过程中，稚嫩的童声和老师温柔慈爱的声音此起彼伏：老师，这是什么种子？这是豆角种子。那是什么种子？那是黄瓜种子。老师，我们还种了什么？还种了茄子、蕃茄、朝天椒……它们什么时候发芽，都是什么样子的？你们用心观察呀。

小芽们出土了，嫩叶们长大了，有的茎依在了竹架上，一朵朵小花开了，黄的、紫的、白的，植株上生了小小的果实。锄草，浇水，捉虫，施肥，园长和老师们带着小小的孩子们参与着生长的过程。小孩子们看着，问着，喊着，笑着。

夕晖朝阳下，大人们接送孩子时走过这条甬路，常常会放慢速度看路两旁的蔬菜。很多时候，孩子们会下了车骄傲地站在路边，指着泥土之上的枝叶花果们向家长介绍或问询。

人勤地不懒。果实吹了气一般随风长大，长发的豆角、青裙的黄瓜、紫脸的茄子、红衣的番茄、挤挤挨挨爱凑热闹的朝天椒……孩子们把自己种的菜果摘回家时，丰收的小脸灿烂如花。

这份把荒草荆棘变成累累菜园的经历，必将被岁月沉淀成园长和老师送给孩子们的最佳礼物——一粒可以萌发、生长、开花、结果的种子。小小的幸福的孩子们，会慢慢长大，终有一天会悟出，面对人生路上难免遇到的荒草荆棘深沟险壑，最好的办法，不是抱怨和愤慨，不是消极和沉沦，而是播下一粒粒承载着汗水和希望的种子。

为你放弃声音的甜美

女教师有着清脆柔美的声音，甜而不腻，是韵味无穷的中音。那个男生转到班上前，她一直用这美妙的中音教学。

新学期初，转来一个高个子男孩儿，憨厚安静的样子。送他进班的是个面容忧郁的女人，她把男孩儿拉到女教师面前，说："老师，我儿子学习不好，但是不淘气，绝不会给您惹麻烦，拜托您多照顾他……"后来，女人似乎还有什么话想说，却欲言又止，用沉默省略了。女教师微笑着送走这位母亲，根据身高把男孩儿安排在靠后边的座位。

第一堂课，女教师就把热情的目光投向男孩儿，伸出右手做了个请的动作，用甜美的中音请他发言。男孩儿没有反应，她稍稍提高声调，又叫了男孩儿一遍。男孩儿犹疑着站起来，木讷地望着老师，一声不响。刚转到新班级上课就走神儿了吧？人不可貌相，憨厚老实的外表下也许是一颗不安分的叛逆之心吧？同学们好奇的目光齐刷刷转向这个新来的同学。男孩儿的脸瞬间红透，头低得不能再低。

女教师没有发火，依然用柔润的声音示意男孩儿坐下。第一遍，男孩儿没有反应，她又提高声音重复一遍，男孩儿才红着脸坐下去。

下课后，女教师轻轻走到男孩儿面前，带他去办公室，几分钟后，又随男孩儿走回教室，为他调了座位。上课铃响起时，高个子男孩儿坐到了第一排靠边的位置。

女教师再上课时，声音突然变了，中音变成高音，语速也稍稍放慢。被抬高的调子失了些自然和谐，少了点圆润甜美，然而每一字每一句都变得更加清晰。老师讲课的位置也悄悄发生了变化，她走下讲台，站到男孩儿的课桌前，大眼睛含着温暖的笑意，注视着班里的同学。讲课过程中，她偶尔会顿一下，低头望一下那男孩儿，对着他问一句："能听清吗？"男孩儿忽闪着眼睛，含笑点头。

女教师的高音教学持续了几天，声音渐渐由甜变涩，由清变浊，后来竟沙哑了。可她却不肯放低嗓门，恢复她的中音。从那以后，用高音教学的她嗓音时清时哑，她随身带着的，多了一样金嗓子喉宝。

两个月后，男孩儿听课时戴上了助听器。

十年后，男孩儿成了 IT 界的年轻才俊。回忆起女教师讲课的情景，他动情地说："小时候，由于一次意外事故，我留下轻微耳聋的后遗症，听不到微弱的声音，别人高声说话才能听清楚。在学习上，我曾一度因听不清老师讲课而苦恼自卑，然而怕同学嘲笑又不肯戴助听器。转学那年，那位像我母亲一样的女教师用清晰的声音激起我对学习的兴趣，当我理解了她每天站在我跟前用高音教学的良苦用心，听到她不肯低下来的沙哑的声音，我明白了我的生命原来也是值得尊重的。我终于戴上多年不肯戴的助听器，而且下定决心，要用努力赢得进步和成功。"

女教师放弃甜美的中音，只为尊重一个听力有障碍的学生。她用吵哑的高音诠释了尊重的含义和价值。一个轻微的善举，或者会点亮别人的青春和生命，对我们自己而言，努力让生命绽出璀璨的花朵，是对生命最好的尊重。

露珠与珍珠

下班路上，一个亲切的声音呼唤我停下。路边站着个单薄素净的陌生女人，汗津津的脸对着六月的夕阳，盛满笑意的眼睛迎向我，眼角有细密的皱纹。她身旁停着辆旧自行车。我以为她认错了人，回赠她一个善意的微笑，准备离开。她怯怯地说："老师，我等您好久了。女儿说您工作太忙，家务事也多，所以不敢去学校和家中打扰，可我实在想和您说几句话，就早早来到这条路上等。我在女儿的班级合影上见过您，不会认错您的模样。"细辨她说话的声调语气，有些熟悉。她，该是我哪个学生的家长吧。

"你是……"她说出女儿的名字，双眼晶莹莹的："我就是想亲口对您说声'谢谢'，如果没有您关心，我女儿不会是现在这乐观向上的样子。"她推起自行车："老师，您骑上车，免得耽误回家做饭。"我以为她与我顺路，便和她骑车慢行，她一直护在我左侧，嘴里絮絮地说，吐出的每个细节都是感激我的缘由。我，对她女儿做了些什么呢？我努力回想，只忆起不久前的两个镜头。

丁香在窗外绽出一树紫一树白，孩子们开了窗，一张张笑脸就在馥郁的香气里盛开。一个女孩儿却恹恹地伏在桌前，泪水打湿了书页。这个女孩儿，有着很强的逆反心理，曾经骄傲地站在我面前，抗议我对她善意的约束。我走到女孩儿身边，掏出纸巾轻拭她的脸，然后领她到办公室，女孩儿哭诉着痛苦和悲伤——突来的心肌梗塞夺走了父亲的生命。之前的家长会，参加的都是她父亲，敦厚结实的样子，总让我想到父爱如山。那么可靠的山，竟然崩塌了。我鼻子酸酸的，把女孩儿揽在怀里，抚摸着她的肩："要学会坚强！除了妈妈，爱你的还有同学和老师……"丁香花谢去的时候，女孩儿脸上忧郁的阴云也悄然散去。

转眼，金色的蔷薇爆满枝，奋斗的五月。晨光中，琅琅的读书声淹没了女孩儿的沉默。那个女孩儿，呆呆地望向窗外，红肿的眼睛像桃子。我拉着女孩儿走向窗外的花园。小心问询，我听懂了女孩儿的迷惘——她找不到学习的意义。母亲每天起早贪黑帮人加工衣服，每月才赚几百元。失去爸爸的她害怕母亲再为她累倒，想辍学帮母亲，母亲死活不同意，她和母亲发生了激烈的争执。我让她和我一起蹲在草坪边，指点她看草叶上的露珠。一缕缕阳光流泻在草叶上，一颗颗晨露闪烁着七彩变幻的光。我说："草叶上的小世界都这样神奇美丽，天地广得很，许多精彩还等着你去欣赏呢，只不过，你得插上知识的翅膀。要是真的疼母亲，就给她的苦一份希望的甜⋯⋯"太阳渐渐升高，草叶上的露水不见了，新鲜的草坪绿得晃眼。

电话铃急促地响起，一个女人焦急地向我求助："老师，请您劝劝我的女儿⋯⋯"没把话说清楚，声音就哽咽了。打电话的是女孩儿的母亲。

那天下午，女孩儿来上学，看我的眼里含着歉意的笑，俨然是一个知错要改的孩子。

到我住的小区门前，下了车，女人和我道别。我约她到家里坐，她满脸愧疚地告辞："这一路听我唠叨，已经耽误了您做饭的时间，等您闲了，我一定带女儿去家里感谢！"女人调转车子，朝陪我来的方向折回去。忽然记起，问过女孩儿的家，在城市的另一边，与我家隔得很远。

没想到，于我来说那么微不足道的两个细节，竟换来这位母亲如此厚重的感激。这份感激，让我在疲惫的黄昏，感悟到忙碌日子里付出的那些琐碎的意义：生命旅程中，我们对别人的细言微行，虽然只是一颗颗易随时光蒸发掉的朝露，但因为折射了爱与感恩等许多人性中的美好，便会积淀成岁月里光彩夺目的珍珠，成为人世间最璀璨动人的瑰宝。

同一首歌再次响起

校园艺术节上，帅气男孩儿的一曲《大中国》余音未尽，眼前飞快晃过一个人影，一张纸条塞到我手上。那么熟悉的动作，让人发笑又让人心痛。是那个智障的孩子。细长的脑袋，聚在一起的五官，呆滞的目光，向外翻突的嘴唇，已经十七岁了，可还是个弯腰弓背的瘦小男孩儿。他虽卑微，却常常向我们证明他的存在。遇到老师，他会突然跑上前，大喊一声"老师好"，然后离开；课间，老师办公室的窗外有时会出现一个小脑袋，求助的目光追逐师长们的行踪；他和老师说话，往往是支吾着诉说哪个男生欺侮他，希望替他讨还公道。在这个孩子眼里，师长就是他的保护神。

展开那张皱巴巴的纸条，几行歪歪扭扭的字映入眼帘："老师，我也要唱《大中国》，给我们初一二班加分！我去班里准备了。"

坐在旁边的校长默默拿过我手里的字条，注视着那稚拙的字体，神色凝重。扭头望教学楼，那个瘦小的身影还真的在初一二班教室里晃动。过去他唱歌的情形历历在目——放学时，他倏地从某个角落窜出，大声唱起歌，一边唱一边四处张望。由于先天吐字不清，在支吾声中细听，有时可以辨出歌词和曲调。他张望时带着满足的憨笑，眼神里流露出被认可的期待。

节目已近尾声，他又出现在眼前。"老师，我……我，准备好了！"他支吾着。我低声说："冬冬，每班只允许出一个节目，你们班的武术表演已经结束。"校长却微笑着望向冬冬："一会儿你就到主席台上唱吧，我给你报幕。""好！好！"他重重地点头。

节目单上的节目演完，兴奋不已的同学们准备离开。校长走上主席台，抬手示意大家安静，然后一本正经地说："现在我们欣赏最后一个节目——《大中国》，由初一二班冬冬演唱，请大家鼓掌！"随着校长的掌声，更多掌声响起来。他还是一溜烟似的，弯腰跑上主席台。

同一首歌再次响起，刚才那个帅气男生唱得很精彩的《大中国》的旋律，被弱智男孩儿用呜呜哇哇的声音送出来……这声音令人发悚，令人心痛，也令人感动。在一片静默中，这歌声是那么响亮，这歌声展示着一个被命运扭曲的弱势生命的存在。歌声结束，在一片闪闪的泪光里，所有的手，都送出最热烈的掌声。

　　校长用一个细微的举动让大家明白了尊重的含义：每一棵小草都有起舞的机会，每一朵小花都有开放的理由，即使是卑弱的生命，也有在人生舞台一展歌喉赢得掌声的权利。

唤醒寸草心

　　临近放学时，办公室的门轻轻被推开了。班长走进来，眼圈红红的，轻声说："老师，班会开完了。"我急着问效果，他吁了一口气，开始汇报："班会开得很成功，果然不出我所料，同学们都哭了。您去吧，不过不要再提这次班会的事了。"这时才忽然明白，学生们不让我参加，是怕班主任看到他们流泪。我心头一热，胸口像被什么东西堵住了。

　　悄悄走进教室，静得出奇，只听到细微的低泣声。这声音不是某一个学生发出，而是从教室的各个角落传到了我耳中。环顾每一个学生，有的在看书，有的在写作业，还有几个女生伏在桌子上，头埋在臂弯里，肩膀不时抽动着。

　　我慢慢踱到教室后面，看着这些孩子的背影，两年半了，感觉从来没有像今天此刻这样亲切过，心也紧紧地与他们贴在了一起。伫立在他们身后，泪伴着绵绵的思绪，无声地，也流下来。这是第二次在这个教室里落泪。记得第一次是在初二时的一节班会上，那个女孩儿在轮到她发言时沉默以对，我非让她站到讲台上去，于是她倔强地顶撞了我几句，想到自己曾付出的一片片爱心，我的泪水一下子涌了出来，像个受了委屈的孩子。

思绪翻飞。二十年前，十二三岁，在父母身边时常感到不如意，有时父母一句不动听的话，一个不关注的眼神，一次无意中的忽略，都可以引起小小心灵的波动，让我觉得伤心。似乎已经参加工作了，还会偶尔与母亲吵嘴，吵完后从来都觉得自己满肚子真理。这两年，突然觉得父母老了，身影不再高大，似乎矮了一些；体形不再发胖，瘦弱了许多；声音不再响亮，低缓中蕴含着更多的柔和。母亲为挣钱深夜弓身在缝纫机前做活的情景，因胆结石疼痛难忍在床上挣扎的情形，父亲下班后推自行车进入家门时疲倦的身影，初冬月光下骑三轮车送我带回的陌生女孩儿穿过旷野回家的背影……许多关于父母的动人镜头，愈来愈清晰，历历如在眼前。现在，已经几个月没回过老家了。知道我教初三工作忙，怕我想家，父母几次来小城看我……

放学铃响了，我擦拭一下湿润的面颊，快步走到讲台上，开始了对这节班会的总结发言："同学们，知道老师为什么哭吗？一是你们长大了，因喜悦而激动。二是想到了自己的父母。"我把刚才所想到的一一讲给他们听，最后谈了母亲对自己的希望——母亲小时候很聪明，但家中贫困，为了几个妹妹能继续上学，读到四年级就主动退学，承担了与她年龄不相当的劳动。学习成绩在班中名列前茅的妈妈最终与文盲为伍，这也成了母亲一生的痛楚。母亲大半生崇尚文化，她希望成了教师的女儿认真教好每个学生，不误人子弟，与别人谈起女儿时会看到竖起的拇指。

学生们凝神听着，师生间没有了距离。在一片泪光中，我看到了理解，看到了力量，看到了希望，看到了一片生机勃勃的绿草，这份情在暖阳下，成长为一道醉人的春光。

当最后一个调皮的男生礼貌地与我道别，准备离开教室时，我示意他留下，于是听到了班会上让他们流泪的具体内容：曾仇视父亲的贪玩男孩儿讲到了父亲严冬卖肉时的冷风，娇气急躁的女生说出了父母在工厂里因产品不合格吃住在实验室的事情，学习委员谈起了自己与爷爷舒适的楼房和下岗父母在外打工居住的漏雨的小平房……

文至尾声，关于这次班会，补充几句：班会前，我要求学生计算个人开支，调查家庭收入，了解父母挣钱的艰辛故事，明确父母的希望，反思自身言行，付出实际行动。这次班会的目的是：唤醒寸草心，以报三春晖。

点染心灵

"王老师，咱俩照的照片给我一张好吗？——杨迪"

看到短信的瞬间，心底倏然泛起柔软而温暖的涟漪，几十里外，有一群孩子，想我了。

发短信的杨迪，是个灵秀的小姑娘。在我支教的乡村小学，她曾和同学们一起，每天早晨，欢快地迎我走进校门，傍晚，再欢快地送我离开。支教结束后的暑假，去白洋淀，正在荷花间流连，身后传来一声甜美童声的清脆呼唤。回头看，一个娇小的女孩儿正拉着妈妈的手向我走来。欣喜染红了她恬美的笑脸，初绽的粉荷般的小脸儿仰对着我。我高兴地喊着她的名字，拉起她的小手，她幸福地依偎在我身边。这师生邂逅的温馨镜头，定格在老公手中的相机里。这惊喜的一幕，在刚上三年级的小杨迪心间，闪烁过许多次吧？不然，几个月过去，她怎么会找到我的手机号码，怯怯地发来短信，试探着要一张照片？

乡村小学的小杨迪们，记忆中定有几幅与我有关的画面吧：金色阳光下，我拿着相机拍他们花团锦簇的笑脸；课堂上，我温柔地给他们讲童话；乍暖还寒的春天，我和老师们冒着风沙种下一棵棵月季花；考试后，我从包里掏出花花绿绿的糖果和笔作为奖品……

秋风紧了。清早，我拎了大大的袋子走在路上。晨练的朋友见了，问："这么早，去上班？"是去给高中生送饭。吃饭的，除了女儿，还有我曾教过的学生，一个好学的女孩儿。她的父母，在外地工作，家里只有年迈的奶奶。女孩儿住校，周末，也偶尔叫上她，来我家吃饭。校门口，女孩儿拉着我的手，单薄的身子和我靠得很近："老师，我感冒了，很难受。"她蹙眉撒娇的样子，宛然是我的女儿。多年之后，瑟瑟冷风里，她想起我在厨房争分夺秒的手忙脚乱，想起我在校门口等待时的安宁如水，又会是怎样的心情？

大大小小的节日，来自四面八方的短信，满天星一样繁密地在手机屏幕上绽开。发短信的，有不少是已成家立业的大孩子。我青春时代的一颦一笑，在他们记忆的星空里，皎洁如月。"老师，您刚毕业时，身材真好，最喜欢您那条漂亮的黄围巾。""您还记得王博吗，她小学一年级到黑板上写字，因为个子太矮，您把她抱起来。"……

上学的时候，爱极了那样的时光——静静地坐了，在画纸上点染写意。素描、水彩、水粉、工笔，我都喜欢。可是，因为教我的孩子们，渐渐疏远了作画的时光。于是，我用生命作笔，蘸了浓浓的爱意，积年累月地在心灵的白纸上点染。一路走来的痕迹，或深或浅，以亮暖的色系，绘在孩子们成长的记忆里。心灵上舒展的温馨画卷，记录下的，不也是动人心弦的多彩人生吗？

花香的足迹
最美

初春，杨迪在 QQ 上问我："老师，您什么时候回来？"我说，月季花开了，就回去看她们。可春天的步子，被雪阻住了。三月中，杨迪情绪很低落："月季花不见了，准是被人偷了……"

我曾在乡村小学支教一年。杨迪就是那所学校的孩子。初到小学时，简陋的校园里柳成荫、鸟成群，花却少得可怜，而且是些草本花，开得晚，败得早。秋霜一降，除去残败的花秧，教室窗下，院中央的花池就成了尘土飞扬的"游戏场"，孩子们在里面追逐打闹，弄得浑身是土。第二年植树节，我和同去支教的老师，顶着漫天风沙，将一百多棵月季花苗分种在大大小小的花池里。我们希望这北方的偏僻校园，除了绿荫鸟鸣，能有最长时间的绚丽和芳香。

　　看着杨迪发来的消息，心空的蓝天丽日被彤云罩住，郁闷的情绪如雪飘落。那是我们种下的一片心啊，花被偷，怎能不难过？

　　五月末，QQ又里蹦出杨迪的留言："老师，告诉您个好消息，月季花开啦，红的、粉的、黄的、白的，都很漂亮！"一股股惊喜在血液里涌动——月季花，还好好的！

　　第二天，乡村小学的杜老师打来电话："一百多棵月季花全开了！今年，花长得特别壮，开得特别香。花也懂得回报呢！"我问杨迪说的花被偷是怎么回事，原来，去年入冬时，他和校长担心当年种的月季受不住严寒，就搜集来许多旧蛇皮袋，把每个袋里装上一层厚厚的干草，再用针线将几个袋子缝到一起，照每个花池的大小做成一条条"草被子"，盖在修剪去枝叶的月季茎上。杨迪所在的一排教室前，高大的柳树将花池遮得很严，他们怕月季生长受影响，就将那排教室窗下的月季移栽到别的大花池里。因为春寒，草被子还盖着，杨迪只发现教室前的月季没了，却不知大花池里的月季多了，便以为花被偷了。最后，杜老师说："你们的一片爱心，很让人感动，大家都精心呵护这些花，花怎么会被偷呢？大家都想你们，有时间，回来看花吧！"

　　放下电话，支教时的许多细节电影镜头般闪过：小学里年近花甲的老教师，常给月季锄草、松土、捉虫、拉着长长的塑料管给花浇水；校长坚持每天拿着笔记本检查各班的安全情况，及时排除可能存在的隐患，玻璃坏了，就利用午休时间亲自安上；年长的女教师经常将自己烙的玉米面饼、自家园子的新鲜菜带给我们尝鲜；因为担心我们不便，杜老师坚持替我们值夜班……支教期间，每一天，我们除了备课、上课、处理作业、辅导学生，还乐此不疲地布置图书馆、微机室、幼儿园，设计墙报，冒着寒风或烈日到村里买菜，在狭窄的宿舍里做午饭，给留在学校值班的杜老师准备好晚上的饭菜……

遥想乡下的那些花，花掩映着孩子们的笑脸，让人欣喜无限。馥郁的花，散着一群教育者的瓣瓣心香。每个人的一生，都要走过许多地方。漫漫长路，若每一处，都留下花香的足迹，远去的时光，都溢着爱的馨香，那人世间，该是多么美丽芬芳！

最好的作品

二十年前，正是人间四月天，也是我生命的芳菲季节。嫩叶间漏下丝丝缕缕的阳光，教室前一地斑驳活泼的树影。我带着第一批学生在树下游戏。瑰丽的文字梦，华美的国画梦，都因为对这群孩子的热爱而搁浅。

二十年花开花落，我的女儿都已高过当年那群孩子许多，树下那群孩子，都已长成有翼的天使，各自扇着绚丽的梦想的翅膀，飞向四面八方。如今，忙碌工作和生活之余，有了些属于自己的时间，可以笨拙地修理承载过我梦想的旧船，偶尔在文字与色彩的港湾里试着单薄的桨。重续旧梦，报刊上，宣纸上，又零星地有了署有我名字的作品。

然而，作品于我，有更深刻的内涵。作为老师，我最好的作品，不是报刊上那些华美的文字，不是宣纸上那些缤纷的花卉，而是穿行在人海中那些鲜活可爱的生命。他们有一个共同的名字：我的学生。

一天，在网上遇到一位在北京工作的漂亮女生。她追问我的生日，以为她只是网上邂逅一时兴起，便如实告知。生日前夜，忽然收到一个男孩儿的短信，说怕别人抢了先，提前祝我生日快乐。短信往来几次，才知他和漂亮女生聊天时被告知我的生日，便赶紧发短信过来。

生日的早晨，打开手机，漂亮女孩儿的祝福短信便蹦出来。从早到晚，陆续收到几个第一批学生的短信，全是美好的生日祝福。感动，再感动，我被幸福包围得水泄不通，奇怪着他们怎么都记住老师的生日。生日前夜发短信的男孩子，在去银川出差的旅途中再次发来祝福的短信。回复短信时，我说，愿我和我的学生们都好好的，健康、平安、快乐、幸福。他说，这句话质朴、真实、感人。是的，这份真实质朴的感动远不止缘了美好的生日祝福。孩子们对我的称呼中，有"恩师"一词。这两个字，与阳光一样暖，与幸福一样重，它们让我看到一颗颗感恩的心。

生日的夜晚，缘于第一批学生带给我的感动，九点半后，翻看手机里存储的号码，给我的另一批学生发了鼓励的短信，他们正上高三，正在奋力拼搏，准备迫在眉睫的高考。他们不会想到，这天是我的生日，给他们的这份感动，源于早他们几届的我的学生。

　　后来，在网上和问我生日的漂亮女孩儿聊天，才知道，是她给同学们留了言，让他们各自送一份祝福给我。送我这么多，她还自我批评地道着惭愧，历数自己回报我的太少。回想为学生忙碌付出的往昔，每个日子都变得甜蜜。

　　我最好的作品，不是用文字细腻传神地刻画，不是经工笔浓墨重彩地渲染，或许我只点染写意过那么一笔两笔，孩子们的生命中便有了我的痕迹。作为一个师长和大朋友，拥有这么多生命的精品，今生，足矣！

每个生命都是一朵阳光

　　新学期第一天，在楼梯上，一个矮小的女孩儿拄着双拐，拖着两条弯曲细瘦的残腿，艰难地向上挪移。拐杖交替着落在地上，发出刺耳的声音，刺得人心疼。我伸出手："来，我扶你上去。"她身子一闪，一脸春草般蓬勃的微笑："老师，谢谢您！我自己能行。"怕自己的怜惜伤了这女孩儿的自尊，我赶紧缩回手，停下脚步让她先上楼。她双拐定在楼梯上，也停止向上挪动："老师，您先走。"她的话语，坚韧中透着快乐。

　　走进新任教的班级，一眼认出拄拐上楼的女孩儿。当天作业是一篇日记。女孩儿的日记脱颖而出：字迹清新，文采斐然，有丝丝缕缕的阳光在字句中流溢，读得人心头一股股地暖。

　　一学期下来，许多次，女孩儿的习作被当成范文在班上朗读。市里举办征文比赛，她轻松获得一等奖。元旦前，学校收到一封热情洋溢的感谢信，原来，女孩儿利用微机课和课余时间学到的电脑知识，义务帮一家锅炉厂设计制作了网站，还帮他们设计制图并撰写了专利说明书。和她谈心，我问她是否知道张海迪和史铁生，她满脸阳光地微笑："知道，我正以他们为榜样。"

班里的学生和各科老师，格外照顾这个女孩儿，上课发作业，叫到她名字，相邻的孩子会很快跑上讲台，替她领回去；上楼梯时，她依然不让人扶，可一直有女生友好地护在她身边；上体育课，女孩儿也拄了拐挪到操场上，对着太阳，笑望不远处的同学，不时有同学快乐地喊她名字，把排球传到她身边，她开心地应答着，拄着拐追到滚动的排球，再愉悦地传回去。她的脸上和身上，烁动着晶莹透亮的阳光。她双拐落地的声音很响，渐渐地，不再像初次听到时那么刺耳，渐渐地，就听出声音里的坚韧和快乐。

期末作文题目，是《从生活中学习》。女孩儿先记述了一个黄昏的细节：母亲有事，没及时接她，她边写作业边在教室里等。已到晚饭时间，看门师傅让小卖店的店主上来看她，店主问明情况，回小卖店拿来面包和水送给她。她由此联想到许多温暖的镜头。原来，先天性疾病使她双腿残疾，后来又患上肾炎，父亲从小弃她和母亲而去，母亲不惜卖掉房子，债台高筑给她看病，好心的姨妈把她们母女接到家里。她沐浴着母亲关切的微笑，聆听着姨妈鼓励她坚强的故事，享受着同学、老师等许多人无数个关爱的瞬间，学会了坚强，学会了努力，学会了微笑与爱。

　　读着女孩儿的作文，心中有阳光暖融融地舒展，阳光诠释的哲理也悦耳地响起：每个生命，都是尘世里的一朵阳光，都能驱散阴霾，赶走风雨，扮靓虹霓，以花朵的姿势，绽成一片柔软而蓬勃的春意，温暖了别人，也美丽了自己。

春天的心

千万朵叶芽把柳枝点缀得柔软飘逸了。眉眼鹅黄的柳枝轻拂，春色就水波一样地荡漾开去，春意便一天天浓起来。在自然次第绽出的绚丽中，心灵也变得敏感，很容易被尘世里的丝丝缕缕所触动。

早晨，我骑自行车去学校听课。进入校门，一个梳马尾辫的高个子女孩儿迅速跑过来。她高扬起右手，向我敬个少先队礼，说："老师，我帮您推车吧！"我未及应答，她微凉的左手已触到我的左手，落在车把上。我松开扶住车把的手，女孩儿推着车快步走向不远处的车棚。她将车摆放好，上了锁，又转身跑向我。我接住女孩儿递过来的钥匙，心底开出一朵温暖的花儿。

在一年级教室听课，我坐在最后一排课桌边。做记录时，我占用了右边课桌的一角，这一角的主人是一个小男孩儿。他尽量将书本往右挪，给我腾出稍宽一些的桌面。他右边还有一个孩子，桌面就显得挤。他的注意力却并未受到影响，明亮的眼睛，随着讲课老师语言的牵引，或看书，或看黑板。老师指名让一个同学读课文，我想看一眼男孩儿的书。我扭着头，目光落到打开的书上寻字句。男孩儿知晓了我的意思，轻轻地将课本推到我眼底，左手按着打开的书页，右手食指牵引着我的目光，随着同学读出的字句轻移。他小小的身子也挨近我，深蓝的校服，贴着我紫色的裙子。我怜爱地注目他，那双明亮的眼睛，注目着书页上的字句。或许，下课后，这个小男孩淹没在穿深蓝校服的欢乐溪流里，我便再也辨认不出。然而这份童真的善意，会如春日的一朵白玉兰，永远净化我慢慢老去的记忆。

听课后交流，质朴无华的女教师，顾不上喝水润润喉咙，便谦虚地问询："我讲课有什么问题，您尽管说吧，我会努力改进……"温柔甜美的笑容里，浮出一颗盎然向上的心。

中午回到家，我站在自家的窗内向外望。远处新绿的麦田边，一大片长了角儿的杨树枝在风中摇，枝上缀几枚鹊巢，有鸟在唱在跳。这让人想起留有海水印痕的沙滩，以及沙上的海星和贝壳。麦田上新绿的海水，不久就会漫上树枝的沙滩，将安稳的巢和活泼的鸟儿，掩于欢乐的春潮之下。楼下空地上，坐着一对垂暮的老人。老翁拿一把刷子，漆他的旧三轮车。新漆是鲜绿的，是春天的希望的底色。老妇人背对着太阳，微笑地望着老翁。阳光静静地流泻，让人默念起"醉里吴音相媚好，白发谁家翁媪"。许多耐过了冬寒的老人，如这对老人一样，走出家门，又坐到了春日阳光里。用不了几天，老翁就会慢悠悠地骑上三轮，载着老妇人，相伴看草、相携看花吧？

多美的尘世啊！四季轮回，年年复苏一个蓬勃的春。桃红柳绿间，更有着一颗颗春天的心，溢着善意与天真，托举着谦虚与诚恳，诉说着爱恋与希望……怀一颗春天的心，便永远有鸟语花香的四月天吧！

第二辑　做一只花上的蜜蜂

生为灵长，做一只自然花树上的蜜蜂，也不失为一种幸福——忙碌走过人生的同时，采得自然的花粉，为自己也为他人，酿制心情的超然与欢愉，酿出思想的光华与璀璨，酿造生活的幸福与甜蜜。

走出一路风景

柔和的天空，淡红的落日，悠远的风筝……黄昏温馨的画面，仰首可得。绚丽的朝霞，鹅黄的柳枝，婉转的鸟鸣……早晨亮丽的背景，放眼即是。

这动人的晨昏，只是路上点滴的风景。

春日中午，暖阳高照。草坪里，点点柔翠呼之欲出；风舞花枝，空中弥散着花苞绽放的声音。小区门口，警卫英姿飒爽，一脸灿烂的笑容。简单的问候，温暖的不仅是话语，还有欢乐的心情。

从我家到单位，不足一公里的距离。十多年了，或坐车或骑车，完成这段路也不过十分钟左右。路程短暂，世界本来就小。坐在车内，与外面隔了层玻璃，感受的是世界如梭；骑在车上，夹在人流中，满眼是匆匆的行色。生命之弦一直紧绷，在两点一线周而复始的熟悉路上，青春渐逝，心神也日趋疲惫。

去年冬天，开始步行上班。只需早几分钟出门，也不过晚几分钟进家。走在人行道上，脚步或轻缓或流畅，依旧是短暂熟悉的路，不一样的是心情，是眼中的风景。

轻松走在路上，会让人换一种心态。威廉·科贝特年轻时，曾埋头苦搞创作，却一直写不出"鸿篇巨制"。痛苦绝望时，朋友带他走路回家。途中到游艺场看射击，到动物园看猴子，走走停停，几小时的路程，他竟一点没感到累。朋友一番轻松走路的话语，使他不再把创作看作苦差，而是在轻松的创作过程中享受快乐。不知不觉间，他已成为美国著名的专栏作家。

清晰记得年初的那场雪。漫步雪中，静听簌簌的天籁，彻悟出"年年岁岁雪相似，岁岁年年人不同"，人生飘雪的季节不过几十个，天寒天暖，都应远离倦怠，活出精彩。在纯洁灵秀的雪花中，遥想一树红梅撑开坚韧的虬枝，绽放缕缕芬芳，正如患尿毒症的网友勇敢地抗争命运，展示生命真义一样。

春意渐浓。不久，眼前将是"乱花渐欲迷人眼"的旖旎画卷。一路走下去，还将有浓荫、芳草、夏日清风，漫天彩蝶、斑斓秋景，人世风情弹拨心弦。生命本长，承载脚步的路可能短暂，但不妨放松心情，走在路上，欣赏自然人世的美丽，感悟生活的真情至理，走出一路风景。

春芽之恋

　　春芽，是迎春鞭炮爆落茎上的星星欣喜，山间、水畔、路旁，四面八方，春芽在膨胀。春芽，是生命潜流迸溅而出的点点希冀，秋意阑珊时，就已从根的源头启程，经霜沐雪，穿越萧瑟的寒冬，蓄满力量涌入料峭的早春。

　　春芽是春光之河最先泛起的层层涟漪，几缕解冻的轻风，一场如酥的细雨，涟漪便枝枝簇簇地绽放，绽成饱满的嫩茎、润泽的新叶、溢香的鲜花。春芽萌得江山丽，春芽幻得花草香。若有若无的草色，写意出大地复苏的春意图，诠释着"诗家清景在新春，绿柳才黄半未匀"的晴和心境。芦芽短，蒌蒿满地，胜日寻芳，已是春色满园，无边光景。漫步江畔，"黄四娘家花满蹊，千朵万朵压枝低"，好一派美丽迷人的仲春画卷。春芽，是春之长廊的杰出画师，恣意点染，皆成入目养心的丹青妙笔。

春芽，是春之乐队的优秀指挥。春芽刚张开明媚的眼睛，喜鹊报喜的旋律就高昂亢奋起来，因为用不了多久，突兀在高树上的鹊窝，便会重新隐进葱茏，成为她们安适的梦巢；春芽刚露出动人的笑靥，就惹得早莺争暖树，新燕啄春泥，鸭戏春江，河豚逆流而上；春芽刚舒展开柔嫩的肢体，就引得蜂蝶嗡嗡，鸽哨作响，流水潺潺，笛韵悠扬，欢歌嘹亮，春色的画廊中，交响着憧憬和快乐为主题的大型乐曲。

春芽，是小湖边清新飘逸的柳丝，柔软韧性；春芽，是麦野上迅速复苏的绿箭，生机盎然；春芽，是巨石下蜿蜒而生的野草，坚毅勇敢。春芽，是一抹新绿，一树鹅黄，是朵朵玉兰白，簇簇丁香紫，丛丛玫瑰红，是五彩斑斓的梦想和希望。

春芽，是餐桌上的盘盘清鲜。蕨芽、椿芽、柳芽、荠芽、茶芽，并非珍馐美味，是忆苦思甜的传统成就了餐桌上的春芽文化。曾经的艰苦时代，青黄不接的春日，缸中无米，篮中无菜，柳树椿树，荠菜苦菜，枝头和泥土中，春芽一茬茬顽强地长出来，慰藉着饥饿的胃口。"时绕麦田求野荠"，诗意美的背后，引发过多少苦涩的共鸣！如今，曾经靠春芽度命的老一辈，也春芽般顽强地走进崭新时代，淡定安详地接受新鲜事物，乐享现代化高科技的晚年幸福。

春芽，像天真稚嫩的孩子，美好刚开头，每天都是茁壮的希望。认识一位年轻的乡村女教师，漂亮、热情、开朗、敬业。

蒲公英的新芽绽成遍野的绿叶黄花，她带孩子们赏春，微笑漾在脸上。她说："看着春芽一样成长的孩子，欣赏着自然四季的变幻，感觉每一天的付出都像春天一样充满希望。"

春芽，有着儿童的稚嫩，少年的梦想，青春的生气，盛年的力量，老年的从容。美好的春芽独择了春天，自然四季，年年轮回。人生向前，流年不返，却可永葆如春的心境，随时蕴出希望的春芽，蓬发出人生四季的绚丽与辉煌。

春荠菁菁

　　闲翻《诗经》，读到"春日迟迟，卉木萋萋。仓庚喈喈，采蘩祁祁"两句，眼前便跃现一幅旖旎的动态春光图：春天像睡醉了的仙女，在日渐零落的鞭炮声中慵懒地睁开惺忪的眼；美目流盼间，草木复苏，转瞬葱茏，莺歌燕舞，争相和鸣；人们换上轻便的装束，涌到田间采摘野菜，笑语盈盈。不曾识得被注释为"白蒿"的"蘩"，倒是故友似的春荠，又在回忆中绽放出久违的清香。

　　生在农村，母亲还未教我分辨五谷，便郑重地指着一丛不起眼的绿色告诉我，那是白花菜，是救命菜。母亲的豆蔻年华，在艰苦的 20 世纪 60 年代。缺米少面没有蔬菜的春天，她在乡野的每一个角落寻着白花菜。菜挖回家，太姥姥把它们洗净烫过，切碎加盐做成菜团，案板上撒一层薄薄的玉米面或高梁面，菜团在案板上轻轻滚过，蒸熟了就是全家人的"美味佳肴"。母亲姊妹多，小小的菜团子，一日两餐，太姥姥总是计算着数目分给大家吃。饥饿的母亲居然长成一米六七的大个子，她说那是白花菜的功劳。

母亲常讲"慈悲如地"，说白花菜就是土地上救人度难的慈悲花。白花菜从春天的泥土中绽放出来，一簇簇锯齿状的小叶片，绿紫相间，紧挨大地，宛如一朵朵朴素的花。那姿态，确是与尘埃比肩。只有纤细的绿苔抽出时，才高昂起小小的花穗，在柔柔的风和融融的阳光里，开出米粒大小的白花，恬静地结籽，撒播慈悲的种子。

我的童年，在 20 世纪 70 年代末 80 年代初，那样的岁月，像乍暖还寒的春天，有希望在远处亮着，日子却还紧巴得很。春来时，冬天储存的萝卜白菜已吃到尾声，缸里的咸菜也没了滋味，我便常跟了母亲，到菜园和麦地里挖白花菜。嫩绿的菜叶，经母亲的巧手，和白面粉、黄玉米面一起，变成饼子、包子、饺子、热汤和凉拌菜，透着春色的清鲜与春菜的淡香，在餐桌上诱惑着小小的我。

清香的白花菜，一片片茂盛在我童年的春天。初中时学张洁的《挖荠菜》，才知"荠菜"是白花菜的学名。书读得渐多，对荠菜也有了更多的了解。荠菜不仅可以在饥荒年代饱腹救命，赢得"吃了荠菜，百蔬不鲜"的赞美，而且有着佛家的雅名——"清明草""护生草"，是一味天然的良药。《名医别录》中记载："荠菜，甘温无毒，和脾利水，止血明目。"民谣有云：
"三月三，荠菜赛灵丹。"富足起来的现代人，更是用荠菜食疗
充实了自古以来的药膳文化。

　　说到文化，荠菜与不少文化大家结下不解之缘。白居易
的"时绕麦田求野荠"，陆游的"春来荠美忽忘归"，郑板桥的
"三春荠菜饶有味"，都已成为脍炙人口的咏荠佳句。苏轼品尝
荠菜之后也对朋友说"食荠极美"，有"天然之珍，虽小甘
于五味，而有味外之美"。辛弃疾的一句"春在溪头荠菜花"，
则在咏荠菜的美味之外另辟蹊径，道出菁菁荠菜点缀出的一片
大好春光。

　　如今又近阳春三月，荠菜菁菁。不妨偷得浮生半日闲，到
就近的田间地头，挖荠寻春，忆苦思甜，不负春光，不负土地
馈赠人类的这丛丛簇簇的慈悲。

又是一年清明节

原野上，远远近近，纸灰在风中飞舞，散发着人间烟火的气息。

又是一年清明节。

"清明时节雨纷纷，路上行人欲断魂。"杜牧笔下纷纷洒落的春雨，穿越千年，滋润着行人祭奠祖先、悼念逝去亲人的忧伤。这个让许多人忧伤如雨的节气，放眼四野，却是另一番模样：麦田油绿，菜花金黄，处处闪着明亮的阳光。果园里，桃红、杏粉、梨白，次第花开。嗡嗡嘤嘤，忙坏了蜂蝶；叽叽喳喳，喜煞了鸟雀。清明时节的自然，张扬着生的喜悦。

想起最疼我的爷爷。我记事时，他已经老了，腿脚不便，背有些驼。可他总爱背着我，似乎一直背到我上小学。我和他在一起，他布满皱纹的脸总是笑的，印象中找不到他愁苦的样子。我十岁那年，他突发心脏病去世。我跪在他坟前，哭成了泪人。以后很长一段时间，不相信他已离我而去，常常希望着哪一天他还会走到我面前，笑着背过身去，弯腰背起我，迈着缓缓的步子，四处去玩儿。夜晚躺在床上，也常常想死是一种什么东西，直想到透骨的凉，小小的心充满恐惧。

二十多年后的今天，明白了人的生老病死，不过是自然规律。依然怀念爷爷，却不再流泪。想到自己的衰老乃至逝去，已格外坦然。

抬头看天，透明的蓝。又想起小时候在深夜亲手给爷爷印制冥币的瞬间，心中，竟像透进了淡淡的阳光，有些许的暖意。在天国的亲人，若真能望见我们，他们的眼神里流露的，一定是期待我们能生得充实，生得喜悦吧！

有句农谚说："清明谷雨两相连，浸种耕种莫迟延。"古人清明有踏青的习俗，宋人吴唯信在《苏堤清明记事》中描写道："梨花风起正清明，游子寻春半出城。日暮笙歌收拾去，万株杨柳属流莺。"宋代著名画家张择端的风俗画《清明上河图》就极其生动地描绘出清明时节人们踏青的热闹情景。

清明时节，我们可以抛开杜牧的断魂句，祭奠祖先和逝去亲人的同时，也胸怀喜悦，踏青赏春，播种希望，让人生如草木般走向葳蕤。生者葱茏而喜悦，是对逝者最好的告慰。

感恩最小的一滴露珠

寒冷的藤蔓生得太长，春天的脚步，被缠绊得蹒跚。延迟的花期，盼得人心急。收到徐迟译的美国作家梭罗的《瓦尔登湖》一书，恰恰是此时。一页页翻下去，恬淡而芬芳的句子，和风暖阳一般，拂洒进忙碌时光的缝隙，原本焦燥的心渐渐清宁。

梭罗短短 44 年的一生，简单而又孤独。他生命的馥郁和精彩，离不开瓦尔登湖的润泽与滋养。1845 年到 1847 年，梭罗独居寂静的瓦尔登湖边山林，在自己盖起的简陋木屋中，观察着，倾听着，感受着，沉思着，梦想着，记录着。两年多的时间，他享受着大自然的丰厚馈赠。

日子缓缓流淌，风景一幅幅变换，"湖是风景中最美，最有表情的姿容。它是大地的眼睛"。他与这湖的明眸对视，春天，看野鸭和天鹅在眸中清晰的倒影，看白肚皮的燕子掠过这眼波。夏天仿佛圣洁的仙子，摇摇摆摆走在石头湖岸上。清晨，草在生长，鹰在盘旋，鸟在欢唱，梭罗坐在阳光下的树丛中，或读书、写字，或凝神沉思，享受无边的寂寞与安宁。赏过红枫，采过葡萄，十一月，太阳成了湖上的炉火，晴和的秋天，他曝日取暖。冬日的北风把湖水吹结，冰块覆住美丽的鲈鱼，他便在木屋内升上炉火，用灯火把短暂的白昼拉长。

四季的变换中，梭罗与禽兽为邻，与草木为伴，与湖同床共枕。他锄地、种豆，却不在意收获多少，"为稗草的丰收而欢喜，因为它们的种子是鸟雀的粮食"。欣赏着最珍贵的风景，他成了伟大的诗人，把田园押上了韵脚。

湖水的纯洁，山林的繁茂，描绘细致，形象优美。梭罗俨然一个技艺高超的油画大师，潜心透视着时节变幻中的每一物每一景，笔触所及，都描摹得栩栩如生。明朗无边的自然，是这一幅幅油画的背景，沉静地陶醉于油彩般的文字里，宛如在缤纷的自然画廊中进行着一次精神向上的光阴之旅。

置身自然中，梭罗对人生，静静思考和分析，深入探索与批判，他振奋着，阐述人生更高的规律。传神的描摹中，不乏透彻精辟的说理，启人心智。如，地球"不是一个化石的地球，而是一个活生生的地球。和它一比较，一切动植物的生活都不过是寄生在这个伟大的中心生命上""尽管贫困，你要爱你的生活。生活得心满意足而富有愉快的思想"。

掩卷之时，满眼春花次第开。"一场柔雨，青草更青"，在这迟来的美景中，静静品悟，"就像青草承认最小一滴露给它的影响"。我们也应感恩最小的一滴露珠。"每天早晨都是一个愉快的邀请"，让我们欣然赴约，会晤宁静的自然与恬淡的时光，接受自然给予的感官、物质与精神的馈赠，也给自然呈上一样珍贵的礼物——我们的呵护与感恩之心。

停
不
了
的
爱

　　春光旖旎，宁静的乡间，土路边、田梗上、沟壑旁，蒲公英冒着沙尘，踩着干旱，对着险坡，一丛一簇的明媚着。锯齿状的绿叶，托举出一根根亭亭的花茎，朵朵黄色的小花，昂头迎向暖阳，默默地欢笑。细碎的花瓣，在一厘一厘的光阴里，弥散春天的气息。

　　蒲公英充满朝气的黄色花朵，花语是"停不了的爱"。花谢结籽，种子上的白色冠毛结为一个个小绒球。盛夏，一絮絮白茫茫的奇迹，随风飘散，落地即生，孕育下一个明媚的春天。

　　恍然间，这尘埃上爱春天爱生命的小黄花，变成俗世里一张张安宁执著的脸。

　　广场侧门外，那个黝黑结实的汉子，坐在一堆木头、竹条、丝线与花花绿绿间，做他的风筝，纺他的线轴。侧门两边栅栏上各色各样的风筝，以他为对称轴，俨然一只巨形风筝，成为花木丛外的一景。风筝卖得并不多，很少听他讲话，却常见他脸上璨然的笑容。一年四季，他就悠然快乐地坐在那儿，让人感觉，生命可以安静成一只绚丽多姿的巨形风筝。

高中校门口，有个清瘦矮小的看门老人。闲暇时，他右手握一根一米多长的旧日光灯管，灯管一端蘸了水，就变作一支粗而长的"毛笔"。校门内的地面是巨幅的"宣纸"。正楷、隶书、狂草，老人不停地用灯管蘸水，水写的字一层一层在地面呈现出来，又挥发尽净。和老人搭话，聊他写字的事，他一脸自豪："就是喜欢，除非睡觉，只要睁着眼就想写。在这儿写，不费笔墨，还不耽误看门。"

她，是一家小浴池的搓澡工。初相见，是在更衣室里，她拿张顾客丢下的旧报，小心地将皱褶抚平，认真地看报上的字。于是带了家中的杂志送给她。相识的日子久了，送她的杂志已有几十本。那些杂志被她整理成整齐的一摞，用一个洁净的塑料袋装好，再装进另一个塑料袋，封住里面的袋口，潮湿的水汽进不去。她说，每本杂志都要读几遍，从小爱书，可父亲早逝，母亲改嫁，九岁的她和姐弟艰难度日，连初中都没读完。可她一直喜欢带字的东西。那些字，让她明白了不少事和道理。有些字拿不准，就借孩子的字典查，比如"箴"言的"zhēn"，她开始以为读"jiān"……

凡尘里的他们，也许永远成不了风筝艺人、书法家和读书人，但是，他们如蒲公英一样，占得一寸土，享得一缕阳光，沐得一滴雨露，便安宁而执著地爱着。他们的生命，以在野之花的姿态，明媚地绽放成一朵朵春光。因为他们生动地存在，人世间更加润泽多彩。

茶甘如荠

初夏，苦菜花经晨光的妙手点裁，无数张小黄菊似的灵秀笑脸，浮动在纤细的叶梗之上，成为菜畦的丝巾，麦田的披肩，堤坡的裙裾，树林的绣鞋。拈几朵小花轻嗅，萦在心间的是如丝如缕的鲜香，全不似它叶子的清苦。

北方原野上常见的苦菜，《诗经》里称为"荼"。《邶风·谷风》中的荼，与一个女子的命运有关。初嫁时，一贫如洗的男人"及尔同死"的誓言让她心安，于是幸福地道出"谁谓荼苦？其甘如荠。"日子苦点儿算什么呀，只要跟他在一起，再苦的日子都是甜的。女人的巧手殷实了日子，却苍老了她的容颜。饱暖的男人迎娶了新妇，将她逐出家门。"谁谓荼苦？其甘如荠"变成凄风苦雨中伶仃女子哀怨的哭泣：谁说荼菜味苦难下咽？比起心中的苦，它鲜香如荠菜。这弃妇的悲苦心声，是一股疼痛的冷风，隐在《诗经》里，瑟瑟吹拂了几千年。

"谁谓荼苦？其甘如荠。"看着满眼碎金般的苦菜花，翻阅着关于苦菜的记忆，咀嚼这八个字，滋味与《诗经》里迥然。

春天，苦菜刚在大地上秀出一片片窄窄的嫩叶，便有怀旧的女人握着铲小心翼翼地挖。小心，是怕碰破茎叶，白色的浆汁冒出。那苦涩的液体原汁原浆地渗透进舌齿间，才算最好的归宿。富足舒适的现代人，挖苦菜的兴致丝毫不减。因为这些遍野生长的苦菜，曾伴随人们走过荒瘠贫困的时代。"一篮子苦菜半瓢粮"，穷人的生命，曾因它的接济得以延续，它也因此有了更加卑微的名——穷人菜。穷人菜挖不败，年年岁岁，一茬接一茬，欣欣然蓬勃着。

老人们絮叨苦菜时代的旧事，提起乡邻间一瓢玉米面半袋高粱米的接济，神色话语里满是虔诚与感激。一篮篮苦菜的恩情，金灿灿的苦菜花般照亮老人们的记忆。姥姥讲，舅舅出生时，是天寒地冻的腊月。舅舅本来还有个双胞弟弟，可由于屋里太冷，落生不久就没了气息。邻家老太太把舅舅揣到怀里，焐热了舅舅瘦小冰凉的身体。舅舅转危为安，姥姥却由于伤心和长期营养不足没有奶水。那年月村里见不着也买不起奶粉，襁褓中的舅舅啼哭着寻找乳汁。那时二伯母也刚生下儿子，奶水充足，才出月子的她就冒着大雪跑到姥姥家给舅舅喂奶。此后，她天天往姥姥家跑，一天两趟，寒往暑来，直到舅舅七个月大。如今舅舅已年过四十，事业如日中天，却常恭敬地听姥姥讲苦菜时代的那些过往，也常带着舅妈去看望年迈的二伯母。

　　苦菜，代表着贫瘠时代土地无私的馈赠，象征着饥寒岁月世间富足的人情。那份给予、那份情谊，散着自然与人、人与人间谦和融洽的气息，让人欢喜，耐人回味。

田畴夏花

　　初唐诗人郭震作有一首《米囊花》："开花空道胜于草，结实何曾济得民。却笑野田禾与黍，不闻弦管过青春。"米囊花就是罂粟花，唐人或许还不知从罂粟中提取鸦片，却知道罂粟花虽大而艳丽，但只能供观赏，实在不如田间禾黍之类作物，虽"不闻弦管"，花事寂寂，却能济民于温饱，默默无闻地繁衍让人类代代生息。

　　作物花开的宁寂，在夏日尤为明显。燥起来的阳光是田畴扉页的标题，浓浓淡淡的绿是田园夏曲的主旋律。小小麦花，乳白中带一点儿黄，像雏雀嘴上半透明的膜，虽有花儿的形状，却柔弱娇小，如一只只微形的铃铛，花期又极短，碧浪起伏间，很少有人注意她们的花开花落。似乎只有几日不见，印象里清风般柔软的嫩苗就挺拔成穗壮粒饱的麦株。金黄的麦野，是挥汗如雨的浇麦农人最平实的希冀。

几行秧身苗壮的胡萝卜，头顶白花，像结实泼辣、不施粉黛的农家女，谈不上精致典雅，却自有一番天然雕饰的质朴无华。花谢结籽，几行素淡的白花，让人看到胡萝卜蓬勃桔黄的丰收秋景。

西瓜花、番茄花、大豆花、玉米花……这些不事张扬的夏花，是不畏沙尘不怕酷暑的先锋，开在炎阳下，摇在风雨中，谢在热浪里，花期短，花香淡，花形简单，花色也与雍容华美无缘。她们身后紧随着浩浩荡荡果实的队伍，那些果实，饱人肠胃，诱人唇齿，绵延留香于尘世。

每天，和几个老师坐车往返于支教路上。支教的小学在僻远乡村，坐车的寥寥无几，我们的票价又都折了半，在这条路上跑车实在挣不了几个钱。司机是当地乡亲，广阔田畴，也有属于他们的一片田，一片夏花。

那天黄昏，我们因事没及时出校门等车，末班车司机以为我们已坐前一班车回城，便开车离开。我们赶到公路边，车早没了踪影，几个人愁眉不展。城里归来的末班车司机，正准备开车回家，得知情况后赶紧招呼我们上车，一边打电话联系返城的司机一边载我们到近路上追赶。返城的师傅接到电话，原路调转方向回来接我们。两位师傅都怕我们回家太晚，急急火火开车，两辆车走岔了路，等再联系时车都已多跑出二三十里。二十多分钟后，我们终于坐上返城的末班车。想到白白耗损的汽油，我们执意多掏些钱买票，汗流浃背的师傅却说什么也不肯要，还红着脸自责："怪我太着急，没多等你们一会儿……"

又一个返城的黄昏，风沙刚住，经过一个村庄时，同行的小伙子突然叫停。原来，路边的电线被大风刮落，离地面很近。司机和他一起下车，两个人找来一根长木棍，将电线高高挑起挂在树上，才又上了车。开车前，司机拨通村里熟人的电话，让他赶紧找电工把电线处理好，免得伤着过路的人。

淳朴善良的人们，多像沉默朴素的田畴夏花，是丰硕怡人的人性之果。无论在繁华都市，还是在僻静乡野，生而花，花而实，是生命的本真，是炎阳下最动人的花语。

别急着上山顶

明代文学家袁宏道在《西湖游记》中写，春日西湖，湖光翠绿之美，山岚设色之妙，都在朝日初升、夕阳未下时才最浓艳。清朗月夜，花的姿态，柳的柔情，山的颜色，水的意味，更是别有情韵。而这种乐趣，只有山中和尚与识趣的游客可享，因俗人游湖，大多在上午十一时至下午五时之间。现代人涉足名山胜水者无数，熙熙攘攘，却还在演绎古人的流俗。

夏日炎炎，听说地处太行山和燕山山脉交汇处的百里峡是清凉的好去处，便随一行人同游。进了景区大门，奇峰峭壁扑面而来，芳草绿树，净美如丽人初浴，幽泉清清，潺潺成韵，顿觉气爽神清。顾不得流连美景，追赶着上山的队伍，沿着缓坡，大踏步上山。

很快，来到天梯栈道前。看说明，栈道由上下 2842 级台阶组成，蜿蜒曲折，穿行于峻山绿树之间，木质台阶上还记录着公元前 841 年至公元 2001 年的重要历史事件，既能健身，又可益智。来不及看第一级台阶所记之事，双脚已在陡直的木梯上。心想着"无限风光在险峰"，目光掠过明艳的野花和清丽的树影，不肯放慢登山的脚步。腿酸气喘之时，看一眼面前的台阶，记着"383 年，淝水之战，晋大破秦军"。凭时间估测，距山顶还有一段路程。同游者都顽强向上，哪顾得舒几口气、平静一下剧跳的心。栈道边，有亭翼然，遥想杜甫"会当凌绝顶，一览众山小"的壮志豪情，也不屑停留，愈发艰难地攀登。似乎再攀不动一步时，低头看，"532 年，梁画家谢赫在此后撰《古画品录》"。喘息片刻，再往上挨，终于见到山顶。

山顶却是曝于强光下的一个平台，很窄。登上平台的人越来越多，巴掌大的山顶很快密不透风。目光穿过汗落如雨的游人，放眼望远，"不畏浮云遮望眼，只缘身在最高层"的喜悦因疲惫和拥挤而大打了折扣。

沿另一面梯下山，体力已耗去大半，腿脚早已不听使唤。浓密的树阴，婉转的鸟鸣，嬉戏的猴子，依然是浮光掠影，更无暇回首追溯阶上的历史，只盼下到缓坡上休息。下了天梯，回首最后一级记的"2001 年申奥成功"，才开始遗憾：因为急着登顶，拼尽体力与毅力，疏忽了绝壁万仞，怪石嶙峋，峰峦滴翠，繁花似锦。若能重走一回，一定适时停一停，保存体力，饱览风光，细听鸟鸣，追溯厚重的历史，记下这人世的妙景。

人生如登山，许多时候，我们为着一个尚不清楚的目标，不考虑自己的志趣精力，攀着狭窄而陡峭的"天梯"急急地"登顶"，弄得精疲力竭才知忽略了路上的美景，没有享受"登山"的过程。就如明人游西湖，由于从众心理，只图个喧嚣热闹，终与朝雾夕岚，月夜胜景失之交臂。人生路上，行到水穷处，不妨坐看闲云起。适时停一停，思索目标，亲近风景，调整身心，积蓄力量。别急着上山顶，是一种休息，一种勇气，一种超然，也是一种智慧。

做一只花上的蜜蜂

炎热的夏日，视线望向窗外。在一片葱郁的绿色之上，薄薄浮动的红云是多么烂漫飘逸！

那是一棵茂盛的合欢树。粗壮的树干，窈窕舒展的长枝，撑出一把巨大的伞柄。成千上万片深翠的小叶子，组合成整齐的一串串，密布于伞柄的顶端，成为细密宁静的伞布。一朵朵精致的合欢花，细丝样的花瓣，根部的青白与上面的粉红自然过渡，成为一层精致的微型花伞，随风浮动于绿色之上，悠然而又绮丽。时值六月，晴天里骄阳似火，阴天里压抑闷热，雨天里风狂电闪，恶劣的天气丝毫没有影响合欢树青春的吐露：给疲倦的眸子撑出一片迷人的笑靥，给燥热的身影撑出一片清凉的阴翳，给惰怠的思想撑出一片飞翔的晴空。无论属于哪个季节，都生得郁郁葱葱，绽放得美丽芬芳，挥洒一片诗情画意，让人心旷神怡，忘怀得失，看清活着的价值——自然的花树大多如此。

雨后的傍晚，在广场漫步。突然，似乎听到神奇的呼唤。仰起头，天空的东南方架着好大一座彩桥！鬼斧神工，正好是一个顶天立地的半圆——红橙黄绿青蓝紫，七彩变幻。目光越过这座彩虹桥，回到了多彩的童年——雨后逐虹，演绎到达天宫的梦。梦幻消失，童年远去，昨梦依稀，时光的年轮滚过，过去的日子永远锁定在从前，再也跨不进今天的门槛。回首仰望，大片绚目的桔色涂抹着西北的天空，令整个心灵震憾！回眸之时，七彩渐渐变淡，转瞬彩虹不见。再次转身，夕阳归处，层层叠叠，光彩夺目，金色的海，金色的浪，金色的岸滩，映着金色的楼房金色的树木，还有金色的大地。在这虹与霞的交替变幻之中，读懂时光的短暂，悟透珍惜的含义：美景，韶华，亲情，友情，爱情……多少美好像虹与霞一样不能长久，既然不能留住，只有在拥有时珍惜。

晴朗的早晨，天空蔚蓝，白云悠悠，飞鸟和鸣。花园中花枝葳蕤，花色绚烂，花香弥漫，彩蝶双双，蜂儿匆忙。自然的生灵，用短暂的生命，诠释着存在的美丽和价值。

亲近自然的同时，有了新的感悟：自然就是一棵缤纷的花树，山川河流，妖娆多姿；花鸟草虫，风采万千；春夏秋冬，四季更迭；风云雨雪，气象变幻……自然万象，花事频繁。生为灵长，做一只自然花树上的蜜蜂，也不失为一种幸福——忙碌走过人生的同时，采得自然的花粉，为自己也为他人，酿制心情的超然与欢愉，酿出思想的光华与璀璨，酿造生活的幸福与甜蜜。

萱草流年

去校门口给女儿送饭。穿过广场时，一池青葱亮人的眼。时值初夏，萱草又青。满心的喜，却不敢停留。待热乎乎的饭菜递到女儿手中，叮咛几句，才又折向一池鲜绿。碧叶丛丛，菁菁滋长，向着黄花醉人的仲夏。

最早与萱草结缘，是在餐桌上。幼时盛夏，母亲端上一盘明艳，淡绿的梗儿，金黄狭长的瓣儿，爽口的清香攫住尚嫩的味蕾。在母亲汗水浸润的微笑中，记下她的名字——"黄花菜"。年节里，母亲也常买些晒干的黄花菜，用水泡开，拌入美味的什锦，或切碎入馅，包出可口的水饺。黄花菜，在母亲的巧手里，变成诱人的美食。

在外求学时，迷上丹青。摹一幅花鸟，画幅右侧，一丛长叶，几枝花苞几朵黄花，都柔韧地向左上方伸展。花叶所向，闲云袅袅，白鹤振翅。似曾相识的黄花，勾起清香的记忆。美术老师讲，那美丽的一丛，是萱草。

　　查资料，才知这萱草竟是"黄花菜"，别名"忘忧草"。《博物志》载："萱草，食之令人好欢乐，忘忧思，故曰忘忧草。"萱草又是中国的母亲花，古时游子远行前种下萱草，希望减轻母亲的思念，忘却烦忧。孟郊《游子诗》中有"萱草生堂阶，游子行天涯"的佳句，曹植曾为之作颂，苏东坡亦曾为之作诗。萱草不仅是美味名花，还是良药。《本草求真》中说："萱草味甘而气微凉，能去湿利水，除热通淋，止渴消烦，开胸宽膈，令人心平气和，无有忧郁。"

　　深深地爱上萱草。然而正值多梦青春，未赋新词强说愁，情意懵懂，以为月下花前便是天荒地老。梦如繁花，玩心茂盛，地上的一丛，再怎么遥望云端，也不能化鹤高飞。仲夏，校园里萱草怒放，"忘忧"花妍，却是顾影自怜，多愁善感。收到母亲托姐姐写的信和寄来的衣物，感受到她殷殷的牵挂与眷念，才感觉缕缕幸福的慰藉。

　　流年飞度，做了母亲。琐碎的柴米油盐颠覆了斑斓的美梦，女儿变成生命的重心，忙碌化作日子的主旋律。褓褓时的夜夜不眠，蹒跚学步时的提心吊胆，初写作业时的日日相陪，少年叛逆时的苦口婆心，步入高中，喜着她的刻苦勤奋而又为她的健康忧虑，午休时舍不得早喊她一分钟，早晚准时做了合她口味的营养饭菜送到校门口。回望母亲，多了理解与寸草报恩之心。抚小敬老，每日盈盈浅笑。弃了丹青，在时光的夹缝里，拾起曾丢下的文字，偶尔于键盘上敲打，积叶成章，便有了报刊上墨花朵朵的欣喜。哪里还觅得到闲愁？

年年岁岁萱草花，走向不惑的年纪，对萱草的"忘忧"花语，有了更深的体悟：用心去爱，用汗水润泽生命的时日，才可心平气和，远离忧郁。

心
轻
在
天
堂

　　见过一池瘦瘦的莲。或许寒冬受了冻，或许染了什么毛病，还是仲夏，莲叶已残败不堪。茎细无力，以致撑不起薄而瘦的荷叶。近水的叶弱不禁风，伏在水面的叶像病恹恹的浮萍。箭矢般射落的冰雹，使本就疏落的瘦叶，变得千疮百孔。秋日尚远，池里已有"留得残荷听雨声"的萧瑟和凄楚。花也是瘦的，却开得鲜妍动人。花瓣的粉红与嫩白，花蕊的娇黄与明艳，莲蓬的淡绿与清丽，诠释着"可远观而不可亵玩"的高洁与庄重。病莲也有动人的花，何况丰满健康的人生？迷醉于这样的一池，心念轻盈，若栖落莲花上的一只蜻蜓。

　　雨后的植物园，小山坡上的木槿花开得正盛。很想沿着坡上的小径，亲近满坡的淡紫与纯白。站在坡下，却迟疑了。窄窄的石径上，几只小蜗牛正悠闲地散步，柔软的身子拖着沉重的甲壳，极其缓慢地在青石上移动。还有几只被人踩碎的蜗牛，它们小小的美丽轮廓已不复存在，像一个一个代表终结的句号。几次欲抬起的脚定在那里，除了怜惜，还有对这些小生命的虔敬。小小的园子里，不知多少蜗牛一样的小生命半路夭亡，可它们还是雨后春笋般冒出来，将这园子点缀得生意盎然。终于，我转了身，走到游人稠密的路上。脚步放得不能再轻，低头的次数也多了，怕伤着绽放于脚下的小生命，心也随步子变得很轻很轻。

思念是心上悬着的风铃，常被触碰，重复一首牵挂的曲子。工作与生活的间隙，坐卧难安，神思不宁。岁月里前行的心，因此而加了重量。选一个晴朗的周末，暂放下手边的琐碎，回到久别的家中。陪父母聊聊天，帮他们洗洗碗，在温暖的唠叨与嗔怪声中，心情似一泓潺潺的溪水，轻灵澄澈，幸福欢畅。

与朋友误会，难免心情多云，郁郁寡欢。静思己过，原来，让人烦恼的不过是些鸡毛蒜皮，只需多一点宽容与真诚，示以真心，致以歉意，相视一笑泯恩仇，释然的一刻，阳光驱散阴云，心灵变成明亮的阳光，可以在空中轻舞飞扬。

陌生人有难，擦肩而过的漠然会在心中郁结，他日回首的愧意，雨湿海绵一般让心下沉，悔意也可扰得人寝食难安，夜不成眠。能力所及的范围，不如真情相助，或许只需片刻的停留，只需举手之劳，只需一个温情的微笑，一句慰藉的话语，便能为人指点迷津，排忧解难。热情的心灵如风中盛放的花朵，暗香浮动，萦人心间，让这世界多一份芬芳和美好。

埃及的古老传说中，每个人死后的心脏，都要被快乐女神的丈夫拿去称量。如果一个人是快乐的，心的分量就很轻，女神的丈夫就引导那有着羽毛般轻盈的心的灵魂飞往天堂。心轻上天堂，传说中，那是死后的事情。毕淑敏老师说："我不希图来世的天堂，只期待今生今世此时此刻，朝着愉悦和幸福的方向前进。"在今生的路上，为一池瘦荷感动，为几只蜗牛让路，常回家看看父母，与朋友和谐相处，给世间一份感动，淡泊名利，远离罪恶与伤害。心轻如羽，我们行走的凡尘俗世，鸟语花香，和谐明媚，不就是幸福的天堂？

国槐古韵

　　盛夏酷暑，正是国槐飘香的季节。绿冠如伞，浓荫如盖，层层簇簇的小花如珠似玉。清风拂过，黄白的花瓣雪一样飘落，铺出一片清凉世界。踩着满地落花，被淡淡的芬芳包围，步子轻盈，心灵宁静，不由得想追溯那些前尘古事。

　　小时候，故乡的国槐下，常听老人们讲洪洞大槐树的传说：元末明初，山东、河北、河南一带受战乱和灾荒影响，人烟稀少。而山西则安定繁荣、风调雨顺、人丁兴旺。明政府曾从山西大规模迁民到山东、河北、河南等地开荒种田，发展生产。山西洪洞城北广济寺曾设局驻员集中办理移民，寺旁有棵"树身数围，荫遮数亩"的汉槐，大槐树下就成了移民集聚之地。迁往外地的移民后裔就记住这棵大槐树。他们大多在新居院内、大门口栽种槐树，以表达对故乡的留恋和怀念。这古槐，是不忘祖先，热爱故土家园的情感依托。

求学时，与定州文庙院内两棵古老的国槐为邻，古槐主干已枯，然而每到夏日依然枝繁叶茂，浓荫蔽日，站在树下神清气爽。据《定州志》载，古槐为苏轼被贬定州时所栽，"东者葱郁如舞凤，西者槎丫竦拔如神龙"，又名"东坡双槐"。古老的国槐，因为名传千古的文化大家，罩上一层瑰丽神奇的色彩。

工作后，夏日出游，许多城市道旁，棵棵国槐枝叶相拥，将阴凉延伸到远方。国槐是首都北京、山东泰安、河北保定等许多城市的"市树"。"市树"的殊荣得之无愧：它生命力强，高大茂盛，花香淡雅，可以美化环境，对有毒烟尘抵抗性较强，而且病虫害不多，寿命长。槐花性凉味苦，有凉血止血、清肝泻火的作用，槐实能止血降压、泄热润肠。将槐树枝切段煎煮，对痔疮有良好的治疗效果。国槐的药用价值，在《日华子本草》《本草纲目》《药品化义》等古籍中都有记载。人们喜欢在槐阴下乘凉聚会，汉代有人因此认为"槐"是"望怀"之意，人们站在槐树下怀念远方来人。清朝以后，海外游子大量增多，国槐因寓意"怀念家国"备受青睐，成为国家凝聚力的象征物之一。

许多名胜古迹内，都可看到国槐的身影，它们历尽沧桑，以深厚的文化内涵成为灿烂中华文化的见证。泰山岱庙有一处"唐槐抱子"的景观，那棵古老的唐槐，上至帝王，下到文人墨客，多有诗文留存。但至民国时已奄奄一息，最后枯死于

1951 年。人们在唐槐的空腹内又植入一株幼槐，如今已是绿荫蔽日，长势喜人。

中华文化的古韵，像一棵棵生机依然的千年国槐，为我们投下浓密的绿荫。作为中华民族的后代，借文化国槐乘凉的同时，也应长成岱庙内那棵喜人的幼槐，新的时代，为中华文化增添新的内涵。

霜叶红于二月花

最美的光阴一丝丝落去。心头有淡淡的伤，如一缕袅袅旋绕的长烟，百转千回，挥之不去。

地板上，偶有几根纤长的发丝，像飘零的花瓣，把日子一天天夺去。梳理头发，成了浅痛的瞬间。

二十岁时，健康的发丝青春饱满，一头短发乌黑油亮。山口百惠、成方圆、影视中五四时期清纯的女学生，大概都留过那样的短发吧？对她们并无什么明晰的印象，别人却常常在见到我时谈起。做为一个素面淡眼的女孩儿，最漂亮的就是那一头短发了吧？那时冬天喜欢穿一件紫色的呢大衣，颈上系了鲜黄的沙巾。春秋天喜欢那条墨绿的长裙和蓝格子线衣。常有同事夸，大家闺秀似的淑女。

二十岁以前呢？学生时代喜欢在花前月下的甬路上，看五彩缤纷的花朵，披一身或皎洁或朦胧的月光，与同伴呢喃细语，憧憬梦一样绚丽的明天。总以为未来有无限的希望，总以为想象中的一切都会到来。毕业那年天天晚自习后到画室作画，同伴们在画室门上画一只可爱的猫头鹰，于是画室因之得名。我们以夜猫儿自喻，有着不羁的骄傲。

二十岁前后的记忆，没有发丝飘落的细节，没有心疼自己的痕迹，似乎一切都很美好。

如今蓄着长发，对镜时，梳子再轻地梳下去，也会带下一两根发丝，萦绕在细细的梳齿上，提醒着岁月的流逝。那些最美的光阴，就如这落下的发丝一样，一天一天，在生命中落去。属于我的岁月，怕是不会再长大了吧，怕是要转弯了吧，冲着来时的方向。想青春时的梦，却似乎许多没变成现实。

或许剪了短发，头发保养起来会好些吧？却迟迟不肯去剪。怕回不到从前。也怕，再也蓄不回今天的长发。

女友在博客里写，看到她飘落地上的长发丝，父亲会一根根捡起保存，心疼地唠叨着，给她做养发的美食。看到自己落下的发丝，除了捡起弃掉，是不肯留它们在家里的。因为害怕，日复一日，那些细长的发丝，会积少成多，让自己看了触目惊心，痛惜得要落泪。

忽然明白了为什么有个作家说，今天，永远最美。落去的发丝，再也无法回到头上，就如一个人的某段光阴，一旦去了，就永远离了生命的花树，再也开不出美丽的花儿。

　　早晨上班，看到一路上和校园里的那些花儿，紫薇、木槿、美人蕉、月季、秋葵，所有的花枝上，都有萎去的花朵失了生命的颜色。可开着的，依然鲜艳，而且盛似春夏。忽然想到"霜叶红于二月花"这句诗，对这句子有了更深刻的理解。

　　既然懂得了今天最美，那么面临生命的转弯，就不该溺在感伤的泥泞里。落去的花儿既然再无法盛开，那些开着的、未开的，对着干枯的花瓣，就更该知秋惜秋吧。

　　一点儿小小的心事，就敲下这么多长长短短的句子，像多愁善感的黛玉在提篮葬花。黛玉葬花时正是青春妙龄，和父亲母亲外公外婆比起来，我也决不敢说老。只是写下就写下吧，算是葬了一腔恼人的愁绪。

　　明天，依然是生命中最美的光阴。"霜叶红于二月花"，以这句诗提醒自己，不要再让最美的光阴一日日空空离去，若是只带去几根长长的发丝，也就罢了。必须做的是时时捉住光阴的美丽尾巴，每个日子都收获些什么。当生命真的抵达人生的秋天，干枯的花瓣上再开不出美艳的花朵，叶子红透，竟比春花，也是一番别样的风景，也不枉来人间一遭。

优雅如秋

秋夜，家门口偌大的园林，路灯没有开，园外的灯火映着，山水草树仍是黯淡。蝉噪宁息了，潮水一般退到记忆里，蛐蛐的叫声也变得疏落轻缓。风飒飒轻响，几片叶子在凉意中飘落。青草和绿叶的气息，变成薄薄的丝丝缕缕。绕幽径走上一圈，只有两三人影，几声轻语。白天阳光下，城里许多植物，已染上一层微黄，这园里的秋色，也开始缤纷地涂染。市场上，新鲜的苹果、梨、葡萄、苞米和花生都惹眼地摆在摊位上，田野里的果树和庄稼，一定多了斑驳的颜色。

秋天，脱了春天的清鲜和娇嫩，失了夏日的丰腴和莹润，瘦成一个美丽优雅的女子。她的美丽，在于分娩出丰硕果实后的优雅娴静，在于骨感中饱蕴希望的丰富内涵。她细下来的腰身，让人瞻望出一片勃勃的生机。这份美，就藏在许多树木的枝叶间，秋叶未落，叶下已滋长着春日花的炫目和叶的润泽。

许多母亲的光阴，也如秋天一样瘦下来。美丽的大学校园，浓浓的迎新氛围里，新生们如一只只羽翼初丰的鹰，将在这里起飞。一张张母亲的脸，在如潮的新生群里时隐时现。这些脸上，有满足、有欣喜、有憧憬，却一律是憔悴的底色，那是因为经过了汽车、火车或飞机的颠簸。长长的旅途，她们珍惜着每一寸舐犊的光阴：车上拥挤，把仅有的座位让给孩子；飞机升降，顾不得自己头晕耳鸣，一声声殷勤地关切与问询；孩子小睡，为他们披上备好的衣裳；孩子饥渴之前，早已打来开水泡好面……憔悴的脸上写满不舍：亲爱的孩子，真想长住在宿舍里，给你铺床、叠被、洗衣；真想天天陪你去大学的食堂，尝遍所有，看有没有妈妈常做的你最爱吃的饭菜；真想像高三时那样，拉着你娇嫩的手，专注地听你诉说，苦也好乐也罢，有妈妈分享，你的世界便永远安恬晴和……

大学的校门口，一位母亲微笑着和女儿道别。目送女儿走回宿舍，母亲转身的一瞬，忽然泪飞如雨。

送孩子进入大学的母亲们，暂别了儿女绕膝的忙碌与充实，丰腴的日子如秋天一样瘦下来。四十多岁的女子，生活变得闲适，稍稍打理，便又容光焕发，风采动人。多年爱的付出与浓浓的牵挂，更是让母亲们身上洋溢着秋天般成熟与甘甜的韵味。

"一年好景君须记，最是橙黄橘绿时。"秋去冬回春又至，日子如秋天般瘦下来的母亲们,也可以迎来人生的第二个春天。将幼鹰送入蓝天,不再年轻的鹰,磨去老喙,除却旧羽,生出新的喙和羽毛,再次翱翔苍穹,完成涅槃般的重生。印度诗人泰戈尔说,每一个优雅女人的存在,都是上帝在提醒我们,这世间希望的存在。母亲们也可以在容颜焕发青春的同时,重新定位自己,踏实工作,认真学习,锻炼身体,培养雅趣,给心灵美容,像鹰一样重生,成为尘世里的优雅女子,成为秋天一样的瘦美人。

秋叶如舟

　　我被他牵了手，在秋风里徜徉。举眉俯首，眼底心头，全是妩媚的秋叶。一线浅空，一抹草坪，一缕休闲的光阴，有形无形，都成了风中的河。秋叶如舟，各色各样，在河水中，或憩或行，心湖里，泛起阵阵涟漪。

　　两片叶，晨光里依旧润泽，一红一黄，在我的指间，静好着。恍如拈着她们的女子，被爱人牵了手，跨过十几年的坡坡坎坎，鲜活明媚，如初见的岁月。

　　深秋的香山，枫叶含丹，我和他，青春正好。顾不得路窄坡陡，手挽着手，一口气攀到"鬼见愁"。"鬼见愁"所见，都是赏心悦目的欣喜：树上树下，椭圆的五角的船儿，在憧憬的流水里游弋。纵使凉风瑟瑟，叶落如雨，无奈两情相愉，只想着"枫叶红于二月花"，前路山高水长，哪料到会有忧愁疾苦？

　　几年后，秋雨横斜。日子还清苦，我初为人母，却被恼人的疾病缠上，弱不禁风，如飘摇的黄叶。被雨打落的黄叶，如不系之舟，打着旋，从半空的涡流里跌跌撞撞冲下来。我心意寒凉，瘦成一池冷风吹皱的秋水。是他擎了伞，用温热的胸膛，给我依靠的岸，厚实的大手和慰藉的话语，一点点焐热我的心灰意懒。为了我，他东奔西跑，求医问药，不弃不离的关切终于化作道道阳光，一寸寸驱除了我生命中的晦暗。

　　重归安宁的时光，平静愉悦地流淌，容颜渐老，生活却一天天活色生香。夜凉如水，枝头叶影斑驳，脚下叶声沙沙，空中叶姿翩翩，都随了瑟瑟秋风，在月色中萧萧地游。我拿了女儿的大衣，在她读书的校门口等晚自习下课的铃声。秋叶打在肩上，往事依稀。童年的深秋，母亲天天早起，将门前的落叶扫到一起，收回院子里晒干。褐色的叶化作缕缕飘着饭香的炊烟，化作炕上被褥间的暖。在外求学，秋叶飘零时，总能收到温暖的冬衣和厚厚的手套，秋叶如舟，驶过距离的河，载着母亲浓浓的牵挂。

　　望着霜染的秋叶，偶尔默念几句诗词。马致远的"枯藤老树"上，昏鸦哀啼，烈烈西风中，一定是黄叶漫天，载着断肠的乡愁。落叶飞旋，天涯孤旅，忆起了谁的温情？浣花溪畔，杜甫草堂前，怒号的风中，屋上茅飞，追寻到林梢洼地的目光，一定被零落的秋叶碰疼。漏雨的屋中，诗人彻夜难眠，吟出"安得广厦千万间，大庇天下寒士俱欢颜"，千年前的落叶，便拥有了推己及人的博大胸怀。

　　秋叶如舟，穿越时空的河流，载着亘古而来的小情大爱，暖了秋凉，暖了人世，蓬勃了生命。寒凉萧瑟里，我们每个人，都应托秋叶之舟承载，送出一份真情、一份至爱，给亲朋好友，给这红尘世间。

静听雪音

雪，一如既往，随着冬天的到来，悄然而至。

六棱花瓣静静地舒展，撷一片在掌心，遥远的空际飘来银铃般的笑声。儿时，尚不会用"银装素裹"形容雪的"妖娆"。洁白棉絮撑起一件鼓鼓的花袄，红头绳扎起两条俏皮的小辫子，跑在雪中，乐在雪中。扬起小脑袋，任雪花扑湿面颊；伸开小手掌，看雪花迅速融化；摇动门前的小树，抖落一树的"梨花"，在飞散的雪花中，与伙伴们追逐玩耍……在雪中，快乐被悦耳的童年诠释得简单、真实而又无邪。

雪，飞旋着落在地上，片片叠加，地面因雪化而阴湿的面积越来越小。雪融雪落的过程里，似乎听到它在田野上蹦跳的旋律。背影，散射着少女的智慧和芬芳，似一抹耀眼的红云，凝成一种神奇的力量，飘动在田埂上。初雪的断片牵扯出一方明亮的巨型图案，铺展在黄土地深青的背脊上，混混沌沌。微雪中的大地，像一位临产的母亲，在分娩时疲惫而美丽。眸子，在旷野里追寻；灵魂，在麦田间倾听；思想，在寒意里驰骋。红红的一把火，在枯草中燃起一个符号，一呼儿一呼儿地蹦着、跳着，成为女孩儿眼中的一道风景，炽热地燃着、亮着……雪，珍存了青春年华寻梦时朦胧的乐音。

　　簌簌的声响，积聚着雪的厚度。这空寂的天籁之声，低诉过三代人的痛苦。几年前的那个元旦，太姥姥像往年一样，安静地盘腿坐在床头，盼着在外工作的孙女和重外孙们放假归来。短暂的欢喜之后，九十岁的老人拄着拐杖，恋恋不舍地目送一个个或大或小的孩子们离去。在新年的雪无垠地铺满大地时，那个曾用温情和细心荫蔽过几代人的老人，如秋叶般静静地逝去，在一片撕心裂肺的哭泣声中，被雪覆盖，永远不再微笑着追送水果和糕点给我们。关于太姥姥，除了记忆，只留下那一张张留存昨日温馨的照片……簌簌的雪声，让我听懂了亲情的有效期限。于是，我不再向母亲撒娇，开始珍惜与母亲相处的每一段时光，耐心地听她絮叨，也学会向她娓娓地诉说。对于女儿，也越来越多地理解关爱，嘘寒问暖，热递蒲扇冷送衣。

　　雪后初晴，粉雕玉琢，世界走进童话。积雪中迸发出欢乐的叫喊。在田野厚厚的雪层之上，带着学生们两军对垒，攥雪球，打雪仗，让少年们观察雪野上空的流星雨，体验大自然赐予的无穷趣味。引领他们在或泥泞或僵滑的雪路上，倾听爱的呢喃，在人生的素材中，积累真情实感。"冬天麦盖三层被，来年枕着馒头睡。""瑞雪兆丰年"——雪野上，隐隐回荡着老农的经验之谈。在这浑厚的余音中，通过雪，辨清了中年的责任。雪凝雪飘，雪落雪融，滋润自然的生命，雪过留痕，飘香的绿色，不息繁衍。

雪，像一位远古走来的美丽的女哲人，带着《诗经》的质朴、《楚辞》的瑰丽、唐诗的清新、宋词的婉约，吟诵亘古流传的哲理——年年岁岁雪相似，岁岁年年人不同。漫长的人生，飘雪的季节不过几十个。尽管天寒，仍应舒活筋骨，放飞心灵，远离倦怠，活出精彩。

托起一片雪花

　　重阳过去没几天，天地间，一片茫茫雪海。千千万万朵雪花纵情旋舞，汹涌成雪海上的波峰浪谷。琼花簌簌，天籁如诗。掌心向上，托住一大片晶莹的雪花。掌上的雪花，与不泯的童心邂逅，未及数清她的棱角，她已融化成眼里的欣喜。抬眼望，一幅幅银装素裹的画面，定格成永恒的记忆。

　　托起一片雪花，许多幅记忆的画卷悠然展开，带了丝丝缕缕的凉意。凉而惬意的感觉，就像豆蔻年华的冬天，享受一只冰淇淋。漫天飞雪的冬天，曾穿了红衣，扮靓青春，与同学一起，去雪野上拍照。发黄的照片上，红白映衬的矜持笑颜，清鲜悦目。诗情画意的冬天，是一场场洋洋洒洒的落雪，挥霍不尽的快乐，是千万片纷纷扬扬的六棱花瓣。成长岁月，寒冷的冬日，因为有父母无微不至的体贴，从不在意雪后的泥泞。

　　托起一片雪花，记忆的羽翼，停落在几年前的元旦前夕。冰冷的时针已挨到晚上八点，在首都阜外医院的手术室外，我和亲人们还在焦急地等待。距父亲被推进手术室的那一刻，已经整整八个小时，手术室的门依然紧闭。弟弟眼巴巴盯着那道门，随时准备冲过去迎接父亲；姐姐不停地打电话，低声安慰家里的母亲；一向乐观的表哥躲到角落里，默默地拭泪。八点半，手术室的门终于开了，因麻醉而昏睡的父亲被推出来，经过几米宽的走廊，又被推进无菌病房。尽管大夫说手术顺利，大家的脸上依然没有笑容。那天晚上，走出医院的门，灯光中，空中落下一丝丝晶莹，小针似的刺脸，身上也彻骨的冷。才知道，外面下雪了。小雪花，从中午到晚上，已洒了大半天。望着那轻轻盈盈的雪花，悬着的心，却愈发沉重。大夫说，父亲的病，怕天寒。新年来临时，父亲顺利出院。可对雪，还是有了几分忧惧。

　　重阳后的第一场大雪刚刚融化，寒流再次铺天盖地袭来。华北、黄淮等地出现历史同期罕见暴雪，道路积冰积雪，能见度低，有农贸市场、加油站被暴雪压塌，人员被困，几百万人受灾。温总理亲赴河北等地指导救灾。从中央到地方，各级政府采取紧急措施应对暴雪灾害。托起一片雪花，想起2008年初的南方雪灾，以及抗灾日子里一幕幕感人的镜头。雪阻路难行，隔不断的是人世间的真情大爱。

　　亿万片雪花叠加，不仅会带来千树万树梨花开的素洁浪漫,还可能带来"风掣红旗冻不翻"的砭骨奇寒,更可怕的是"夜来城外三尺雪"的艰难甚至灾难。托起一片雪花,亲近一场雪的同时,别忘了送出一份份暖,给亲人,给朋友,给需要爱的红尘世间。

冬夜读月

三秋树的删繁就简，就如拉开一道厚重的帷幕。冬夜的舞台，萧瑟而寂静。光华流泻，四面八方地铺展开来。无论城市还是乡村，一幕一幕，空中的月亮，都是醒人心目的角色。

乡村夜晚，朔风凛冽，通往镇上中学的小路，脚步声伴着几声犬吠由远而近。几个勤奋的学子，下晚自习归来。弯月在天，高悬美丽的憧憬。"大漠沙如雪，燕山月似钩。何当金络脑，快走踏清秋。"滤去李贺不遇于时的感慨与愤懑，高擎于少年胸中的，是奇才异质、纵横驰骋的远大抱负。

都市一隅，温暖的书房。有谁轻掀了素美的帘，任窗外的皎洁淌进。举首低眉之际，故乡的面目，便在月光的水波中荡漾。城里冬天的舒适，焐不暖一颗思念的客心。遥远的故乡，野旷天低，圆月近人，满满的冬月就是一颗夜的太阳。月光多少次照亮母亲瘦弱的身影，清冷的夜，有温暖的柴垛，有闪亮的灶火。落叶熏热的火炕上，母亲缝一件松软的棉衣，亦或纳一双厚厚的棉鞋。离乡背井，月光如霜，李白的情愫穿越千年，皓月当空，依然牵动着天下游子，遥望故乡的方向。

冬雪初霁，洗净了茫茫夜空，涤清了朗朗明月。安宁的夜晚，风冷人稀，行走月下，足音跫然。冬月如镜，映出一幅幅不朽的画面，冬月如琴，奏出一曲曲不老的情歌："明月松间照"，流于石上的潺潺清泉，仿佛枝头漏下的缕缕月光，莲动舟行，浣女相嬉，幽清高洁，是诗情画意的理想和谐；"夜吟应觉月光寒"，痴情男儿对月独吟，苦着心上女子晓妆对镜，抚鬓自伤的相思，丝尽烛残，是百转千回的真爱无悔；"会挽雕弓如满月"，一轮满月，照着两鬓染霜的文坛领袖，雄心不老，还惦着戍边卫国，勒石建功，是老当益壮的报国豪情……

腊月严冬，一泓上弦月，是一道微笑的弯眉，对着墙角的数枝寒梅。缕缕芬芳里，腊八粥的醇香，团圆年的甘甜，微笑着向你招手。城市园林的草草木木，在月光下蕴育着饱满的花事；乡村田野的畦畦麦苗，在月光下的沃土中准备着绿箭齐发；城市乡村的老老少少，在月光下积蓄着奋发的能量。冬天过去，迎接他们的将是蓬勃希冀的春。

冬夜读月，月光展开横亘古今的美丽长卷，月光弹拨触动心弦的醉人乐章。冬夜不眠，不妨昂首对月，读出一幅幅五彩斑斓，读出一曲曲妙音流转。

第三辑

捕捉上帝的悄悄话

用心捕捉上帝的悄悄话，

捕捉尘世间时时可得的灵感，

这灵感，是亲情，是友善，是

充实，是关切，是回忆，是珍

惜……捕捉到这些悄悄话，就

捕捉到了寻常岁月里的小欢喜。

阳台上的故乡

秋天，在朋友家的阳台上见到一棵枣树。枣树只有一尺多高，比筷子还要瘦的茎上伸出几根纤长的枝，清晰可数的叶串间缀着十几颗珠圆玉润的小枣儿：一颗红透，两颗半红，剩下的还是没长成的绿玛瑙。枣树种在高石几上精致的花盆里，可以毫无遮拦地享受窗外的阳光。阳台、石几、花盆、枝叶和枣儿都一尘不染，阳光在叶和枣儿上留下晶亮的足迹。

林林总总的果树见过百种千种，种在八楼阳台花盆里的枣树，还是第一次见到！而这细细弱弱的一株，居然结了枣儿！在乡野阔土中自由伸枝展叶的枣树，要在城市高楼的方寸阳台上扎根结果儿，需要怎样的耐心和精心！

朋友的故乡在贫瘠的山里，曾经，他的父母在梯田里刨不出儿子的学费，于是种了几百棵枣树。年年岁岁，父亲育枣卖枣，在枣园和几十里外的县城间奔波，长长的山路把腿跑细了摔瘸了，沉重的担子把肩压瘦了累弯了。几百棵山枣，不仅换来一叠叠零零散散的票子让朋友的学费有了着落，也因为父亲的吃苦耐劳给了他不折不挠的拼搏精神。朋友终于在父亲注满希望的苍老眼神中，考入全国闻名的重点大学，走出大山走进城市，实现着自己的人生梦想。然而辛苦几十年的父母，在儿子的日子刚刚好起来，准备接他们到城里安享晚年的时候，却带着过度劳累的伤病双双离去。父母的坟墓，落在山乡的枣园里。朋友置身城市的浮华里，却永远忘不了故乡的枣园，走不出那份未能尽孝的遗憾。

他把那份遗憾化作前进的动力，凭借山枣样顽强的精神打拼出自己的天空，却时刻不忘山里的父老乡亲。如今，朋友的故乡依然贫瘠，许多孩子仍像他小时候一样读不起书交不起学费。为帮乡亲推销山枣儿，他四处奔波不停地打电话，被人误以为改行做了枣贩子；山里同学找他借钱看病，他丝毫不考虑还房贷的拮据仍慷慨解囊；每每还乡，他都不忘带上母亲爱吃的糕点、父亲爱喝的酒去看望村里的老人，都记得买回一捆捆的课外书分给山里的孩子读……

朋友从故乡带回一袋泥土和一棵新生的枣树，将枣树种在阳台的花盆里精心培育。他时时面对枣树自省，不忘故土，不忘血浓于水的父老乡亲。

每个人的心中都有一亩田，种瓜得瓜，种枣得枣。种棵乡心，远在天涯的故园，就扎根在咫尺之外的阳台上。种桃种李种春风，开尽梨花春又来。让我们在自己的心田中，种下感恩与回报，种下善良与美好，当真情的山枣树在八楼阳台上结出果实的时候，此岸暖风吹去，彼岸芳草花开。

肩上的尊严

登泰山前，对于和他们的邂逅，有过诗意的憧憬——黝黑的肌肤、洁白的牙齿、白布褂罩着红背心、肩搭光溜溜的扁担、走之字形路线，因为步步踩实坚持不懈的精神，在陡直山道上负重的他们，总像神仙腾云驾雾般悄悄赶到游人前面。这样的印象，是读过冯骥才先生的文章留下的。

夏日，我艰难地走在泰山的石阶上，当期待的目光终于看到他的背影时，曾经浪漫的遐想顿时被弥散着的山岚濡湿。光着的筋骨扭曲的驼背，破旧的颜色模糊的短裤，磨得走形的廉价布鞋，肩上扛着的担子两端，两个巨大的麻包赫然刺目。他缓缓向上挪移身体的动作，像影视中的慢镜头。等我把他落在后面，扭头看到他痛苦得歪斜的嘴角，泪水一下子涌上来，糊住了眼。

初见挑山工，他肩上的疼迅速塞满了我的心。若不是生活所迫，他会挑着如此沉重的担子走在这陡直的山路上吗？不知能为他做些什么。我甚至生出一个念头，掏尽身上所有的钱递到他手里。可我犹疑着，迟迟没伸出手去。

在中天门附近的平坦地段欣赏风景时，偶一抬头，又看到他，放了担子，靠在巨石边。与他四目相对，我忍住泪笑着招呼："休息呢。"他点点头，也咧开嘴，黝黑的脸上一改刚才痛苦的神情，笑出灿烂的阳光。他的门牙，缺了一颗。细察他的眼神，坦然自若，没有丝毫卑微在里面。我突然惭愧起来，为刚才的怜悯。

继续向上登，似乎把他甩在了后面。等到南天门附近的小卖店前，两个熟悉的巨大麻包放在石头边，却不见他的影子。

登上山顶，尽享了一览众山小的风景，胀痛的腿拖着有气无力的身体下山。再经过南天门，又看到小卖店前的两个麻包，问店主人两个麻包有多重，挑一斤多少钱。店主人答，120多斤，每斤两毛钱。算起来，挑山工在陡直的山路上往返一次，才能挣到二十多元。

下到中天门，回头时，又看到他熟悉的身影。肩上是空空的扁担，迈着轻快的步子。他认出我，又冲我笑。我以为他在山上歇够了才下山，便伸出一个手指，用目光问询他，是不是每天只挑一次。他会意似的伸出手指，是两个。重负攀登，每天往返这样的两次，受得了吗？

　　他几乎一路小跑着下山。我指着他的背影问一个环卫工人，他们挑这样重的担子，身体会不会受影响。老工人叹口气："每天要挑三次，不困难谁肯这样卖命，累过了，身体还能好得了！"三次！原来他刚才的两个指头，代表着他今天已经挑了两次。

　　看看脚下的石阶，我虔诚地想，这么高的山，这些数不清的台阶，当初，也是这些挑山的人们，一步一步地挑上来的吧？

　　又到了平坦地段，遇到几个乞丐，有残疾的青年、有健康的老人，频频伏首，嘴里廉价地吐着"好运""平安"之类的祝福词。眼前又闪现出挑山工肩上的两个巨大麻包。同样为生活所迫，那120多斤的担子上，分明写着两个醒目的大字——"尊严"！挑起尊严的肩膀，为天下游人挑出了巍巍泰山一路的风光旖旎。

　　真诚地祝福——令人敬重的挑山工们，扛起生活尊严的同时，也挑出现世的康安和明天的幸福！

盛开在路边的暖

冬日黄昏，路灯早早亮起来。路边，一个大大的旧铁皮炉边，围着三个女人。黑的蓝的棉服，灰的赭的线帽，三个女人身上，都是廉价的黯淡的温暖。

炉盖上只有大中小三块白薯，我捡了不大不小的那块。一个女人用一杆小小的旧秤接住，另外两个女人，每人又拿起一块，放到秤上，用讨好的语气叨念着："只剩这三块，你都要了吧。"我不计较，任由女人称。称白薯的女人告诉我价钱，我把一张崭新的五十元递到她手中。另两个女人一齐释然地笑："卖完了，你可以回家做饭了！"称白薯的女人一边翻弄那沓零钱一边说："天太冷，我再等你们一会儿。"再看另两个女人，都已把手贴在铁皮炉外壁上，每人一副温暖的模样。

我这才注意到，烤炉旁边，还有两个无人把守的小摊，分别摆着桔子和糖葫芦，想必两个烤手的，是两个摊子的主人。"快回家吧，爷儿俩在家等饭吃呢。你走了，我们马上回去。"两人从炉壁上挪开手，继续关切地催促。

"有这炉子烤着，还暖和点儿。你们走时我再走。"听着她们的对话，我从女人手里接过一沓零散的旧票子。握在手里，有洁癖的我，忽然感到格外的暖。这股暖意传递到心里，开出一朵火色的花，像路灯一样，点亮了风冷人稀的黄昏。

冬一天天冷着，每日黄昏，都不忘注目几眼路边。也时不时地停下，驻足在小摊子前，称一些桔子或两块白薯，捎走几串糖葫芦。闲话间，对几个女人有了些许了解：卖烤白薯的大嫂，丈夫因车祸瘫痪在床，儿子读初中，她独自挑起家里的担子，秋冬春三季推着沉重的铁皮炉在小城的路边烤白薯，其余时间给别人做缝纫加工；卖糖葫芦的婶子，独生女儿早已出嫁，丈夫在一家小工厂做门卫，极少有闲暇回家，她耐不住寂寞，便串糖葫芦卖；卖桔子的年轻媳妇，新婚不久，为摆脱生活的拮据，就和爱人在小城的不同角落摆起流动的水果摊。

一个又一个冬日的黄昏，三个女人，在没有顾客的时候，围了笨重的旧铁皮炉，手贴着炉壁，说笑着取暖。每每此时，都让人深切地感觉到，炉子里，质朴卑微的女人心中，盛开着大朵大朵的温暖，像春日阳光般，和煦着这一隅平凡的冬天。

旧灯管中的风景

市一中有位看门老人，个子不高，很瘦，满脸的深沟浅壑，神色却淡定从容，黑边花镜后闪着一双炯炯有神的眼睛。

寒凉的秋夜，去校门口接女儿。还不到下晚自习时间，老人站在校门内，右手握一根旧日光灯管，灯管朝下的一头塞着海绵。灯管在盛水的小桶里蘸一下，海绵吸足水，这灯管就成了一支巨大的毛笔。水泥地上斗大的字已写了一大片，行款整齐，是大气古朴的隶书。字虽是湿润的水渍，笔划却做到了方圆自然，隐约有金石的韵味。湿润的水渍渐渐消失，又一层水渍覆盖上去。灯光下，老人气定神闲，似乎那两扇栅栏门，就足以把街上的喧嚣隔在他身外。

去校门口次数多了，和老人也渐渐熟悉起来。学生上课或自习时间，栅栏门关着，他依然握了旧灯管，在水泥地上写字，除了隶书，还写楷书、行书、草书等其他字体。每种字体都形神皆备。也常见他在地上画画，花鸟虫鱼各具情态。

栅栏门内有两块小黑板，学校有通知，他就一笔一画写在上面，为了师生看着方便，那字体是漂亮醒目的楷书或隶书。根据通知内容，老人还常常配上彩色的插图，或工笔细描或写意勾勒，画面栩栩如生，让人驻足看通知的时候，不忍移开脚步。没有通知时，两块小黑板就成了他的书画展板，一块作画，一块写名家诗词。展板上的书画隔三差五地变换，他描绘的喜鹊登梅、牡丹双蝶、寒鸦戏水，他草书的毛泽东诗词却还历历在目。课余时间，他身边常围了一群学生，偶尔也有家长和老师，看地上的水渍，看小黑板上的书画，和他一起惬意地微笑。

又已立秋，再去校门口。小黑板上赫然趴着一只大蜘蛛，似乎在爬动。老人见我盯着蜘蛛看，就微笑着解说蜘蛛的来历：雨后，有东西重重地砸在他脖子上，那东西被他甩落在地，原来是个大蜘蛛。这不速之客惊慌逃窜，他爱怜地追随着蜘蛛，细细观察它的样子和动态。蜘蛛逃进草丛，他就拿了旧灯管在地上描摹，直到满意了才拿起粉笔，这只蜘蛛就在小黑板上活起来。

那天，和他聊了许久，原来，他练习书画已有四十年时间，是在部队当兵时自学的，每天坚持练习，帖子上的字、生活中的花草虫鱼等都认真观察，心中就有了它们的模样，再写再画就能信手拈来。他说："家里条件不好，买不起纸笔，就想到用这旧灯管练习。写字画画时，周围再怎么吵闹也听不见，冷呀热的也不在乎，心里的烦事儿也烟消云散。这日子过得就格外有滋味。"

偌大一个学校，属于他的房间只有一间几平米的传达室，一床一桌，如此而已。不论白天夜晚，校门外同样是熙来攘往，而他一如既往地写字画画，安宁如水。

元旦期间，去参观市里的书画展，有几位书画家在当场表演。矮小瘦弱的看门师傅，正握着一只旧日光灯管，塞海绵的一端蘸了墨汁，在大厅光洁的地板上，写满一张巨大的洒金宣纸。他身后围了一大群人，人群中不时传出啧啧称赞声。再看展厅内，老人的书画，挂了半面墙。

热爱和执著，真是最伟大的魔术师。看门师傅手中一根废弃的旧灯管，竟可成为最了不起的道具，幻化出满眼满心的活色生香，为校园，为城市，布下一道道典雅靓丽的风景。

心田上的月亮

深夜梦醒，掀开窗帘一角，月光便盈盈地透进来。久违的月光。时光又回到二十年前。

夕阳沉向田野的尽头。她刚坐上班车，到小镇还需一小时，从小镇下车到她住的小村，还得走过旷野中十里长的土路。到小镇时天一定已经黑了，想着旷野中那些大大小小的坟头，她不禁毛骨悚然。中考后她到几百里外的姑姑家住了一月，因为小村地处偏僻，通信不便，她没有写信告知爸妈具体的回家时间。如果火车没有晚点，她应该在日落前到家的。可是……唉！

车上没有一张熟悉的脸。坐在她身边的是个清秀的女孩儿，眉宇间散发出缕缕书卷气。女孩儿细嫩的双手抚着膝上横放的一卷画纸，发现她在注视自己，女孩儿也扭过头看她。女孩儿温暖的笑容，一定更衬出她一脸的愁苦。十多秒后，见她窘态未改，女孩儿发出甜美亲切的声音，她们之间有了一路改变她心情的对话。原来，女孩儿刚从省城学画归来，家就在小镇上。她也把自己的情况告诉女孩儿，并诉说了自己的胆小与恐惧。女孩儿关切地说："你别怕，和我回家吧，让我爸送你。"

夜幕降临之后，她怀着羞怯和不安来到这个女孩儿家中。热情的母亲、淳朴的姐姐和调皮的弟弟，让她心中涌起一层暖意。可是，好像女孩儿的爸爸不在家，谁去送她呢？正在她担心时，一阵自行车响，一个个子不高、面容和蔼的男人推车进了院子。他就是女孩儿的爸爸，刚下班回来。留她吃过晚饭，女孩儿的爸爸推出一辆三轮车，让她和女孩儿坐上去。

出了小镇，便进入空旷的田野。朗月在天，剔透、晶莹，圆如明镜。月光如水，轻盈飘洒。玉米苗在清爽的晚风中沙沙起舞，蛐蛐的鸣唱和着三轮车声此起彼伏。女孩儿父亲弓身吃力散发着汗水味的背影，在月光下清晰动人。女孩儿怕她寂寞，一路不停地和她聊，好像和她是亲姐妹似的。不知不觉间，三轮车已停在她家门口。

她请父女俩进家歇会儿，女孩儿爸爸说太晚了。三轮车掉转头，渐渐远去。但父女俩的背影却越来越清晰，刻入她心田，成为她生命中永远的月亮。因了这背影，夜晚的旷野没有了坟头与鬼火，没有了孤独与恐惧，留下一首人世美的歌，一幅天地间美的景。

　　二十年过去，那夜的月光依然皎洁，心田上的月亮依然温馨。因了那夜的月亮，她在的城市，也因她而多了几首动人的歌，几幅温馨的画。

　　静对明月，真诚寄语——但愿月下人长久，但愿世间爱长存！

捕捉上帝的悄悄话

文友说，清晨梦醒，美好的念头如灵光闪现，到单位再回忆，脑海竟一片茫然，没找个笔头及时记下，真是遗憾。

灵感是上帝的悄悄话，需要用心捕捉，因为上帝很忙，不会说第二次。

街头，偶遇朋友的父亲，骑着电三轮，于车流中慢慢行进。八十多岁的老人，车骑得小心安稳。心疼地停到老人面前，和他打招呼："您出门有事，和孩子们说啊，好让他们陪您……"老人却是一脸慈祥而得意的微笑："我还能动，哪能老麻烦他们！"偶遇朋友，说起遇到老人的事，朋友却坦然："生命在于运动，我爸闲不住，身体才这么好，要是整天让他闷在家里和车里，他倒受不了。你没注意到，我就在不远处偷偷尾随呢。"儿子对父亲的理解和关爱，让心释然而温暖。

　　单位停电，所有的机器都停止工作。平时一直待在电脑前的同事，三五成群地聚到一起，谈天说地，叙旧话新。一扇扇习惯了冷清的门里，飘出久违的欢声笑语。在整层楼温馨友好的空气里，我和同事面对面坐在办公桌前，各自捧一本书，静静地读。"你听，这个句子多有情趣，说院子里的两棵树，是'发小儿'呢！"抬头对视的一笑，是弥漫着书香味的心领神会。

　　下班时，外面下起雨。只听楼道里喊："谁没带伞？我这里多备了一把。"有人应声出门，人与人间的小关切，绽成微笑的玫瑰，在两只手间传递。淡淡的芬芳，便飘散在这楼道里。

　　雨中，黄叶满地。一个高个子男人，鬓角微白，脸上涂染着一层沧桑。本来并不引人注意，却因了手中的一片叶子，变得可爱起来。细看，是大大的一片杨叶，斑驳，却在他手中静好。那片叶子，随着他，慢慢地在细雨中飘移。或者，这片叶子，就是一只可以搭载记忆的船吧，带着他，回到了童年。他的童年时代，门前的秋天，是否也有着高大的杨树，有黄得透明的叶子，是否也有一群小伙伴，在树下捡拾起一片片明黄的欣喜？

　　小区里，草还绿着，却不似夏日丰满，是清瘦可人的草。树上的叶子雀一样欢快地在空中飞过，最终安宁地与泥土相亲。冬天，就在这雨中，渐深渐寒。叶的轮回里，日子行走如飞，我们便在这一圈圈的轮回里，萌芽生发，成长开花，结籽老去。

与自然不同的是，生命的个体，永远不能轮回，每一天，都是我们最最年轻的一天。而每一天，上帝都在我们的门里、窗前、视野内外，在我们的闲思漫想中，窃窃低语。

上帝将悄悄话附着于无数个美好的瞬间，告诉我们的，是尘世间无数个幸福片断。用心捕捉上帝的悄悄话，捕捉尘世间时时可得的灵感，这灵感，是亲情、是友善、是充实、是关切、是回忆、是珍惜……捕捉到这些悄悄话，就捕捉到了寻常岁月里的小欢喜。

回归生命的绿道

　　我和老公打出租车到达成都著名的温江绿道入口处，是下午六点多。天气晴好，太阳还亮着，距夕阳落山还有一小段时光。马路对面有两家租车摊，未等我们移动脚步，一辆崭新的双人自行车已迎到我们面前。推车的是一位满脸皱纹的老婆婆。

　　"阿姨，多少钱一小时？"

　　"八块。"不贵。老公接过婆婆手中的自行车，准备出发。

　　"先交点押金吧，或者把你们的身份证押在我这里。"

　　我拿出身份证迟疑地递过去。老婆婆低头看看身份证，又慈和地端详我，似乎看出我的心理："闺女，看你模样就是好人，不交押金和身份证也没关系，天不早了，绿道挺长的，赶紧骑上走吧。"

我拿回身份证，暗自嘀咕：如果这入口就是唯一的出口，押不押钱和身份证，都是无所谓的事，她不过是送个顺水人情。

我们骑车上路。道路不宽，两旁古树苍葱，浅草滴翠，野花缤纷，是一条顺着江安河自然曲伸的通幽小径。道路左侧，江安河水流清澈，水声悦耳；道路右侧，稻谷飘香，风光醉人。曲径之中，散落着三五农家，像幽径上天然的标点符号，供游人餐饮娱乐，悠然小憩。

畅快骑行，神清气爽，凡尘中曾有过的痛苦和烦忧消散到九霄云外，只留下一腔回归田园的绿色情怀。

累了渴了，在一户农家院前停下。院前有冷饮摊，浅笑盈盈的大嫂取了矿泉水给我们。水是外面市场上最便宜的价格。大嫂招呼我们坐在凳子卜休息，拿了球拍样的器具在我们周围挥舞，小火花一闪一闪，原来在为我们驱赶蚊虫。听不太懂大嫂的话语，但她脸上一直挂着的浅笑，却传达着我们能懂的关切和温暖。

天色渐暗，转眼过去了一小时，道路还在随水向前蜿蜒。害怕天黑，调头往回走。拐过一个路口，路边却没有了河流。向路边的农人问路，他善意地指点，不必回转就可到另一个出口，绿道的出口有好几处。不交押金，不留身份证，慈和的老婆婆竟然断定我们是好人，不会将她的车从别的出口骑走。心中一股虔敬油然而生。

在农人的指点下，很快骑入来时的绿道，风驰电掣返回入口处。朦胧的天色里，却不见那个满脸皱纹的老婆婆。几辆自行车边，站着一个中年男人，他说是租车摊的另一个主人，老婆婆回家做饭，她的自行车由他代收。问租金多少，他说老婆婆没告知他我们出发的时间，自己计算着给就行。

　　绿道骑游，像是一场美丽的回归。低碳之旅，在欣赏自然生命和纯净风光的同时，也锻炼了身体，同时也被古朴的人性美所陶染。纯净、自然、健康、信任、关切、善意……生命中，应该多一些这样的回归。

旧邻如灯

　　我家的旧居，在一座旧居民楼的一楼。除夕，我和老公冒着严寒回旧居贴对联。走到门前一看，对联却已贴好：辞旧迎新颖质慧心显王者风范，继往开来佳坤胜境展猛士雄姿。横批是：前程似锦。手写的字迹，潇洒流畅，是熟悉的行书。我们一家的名字"猛、继颖、佳坤"，分别被嵌入上下联中。细品对联，平仄相谐，对仗工整，寄托着对我们一家吉祥美好的新春祝福。站在门前，北风从楼门口灌进来，却不再觉得寒冷。

　　对联一定是三楼的马老师贴的。马老师是小城有名的书法家，每年春节，他都亲笔写上自己创作的对联，送给楼里的邻居们。想不到，我们搬离这里，他仍然坚持写对联给我们，并亲自为我们贴上。去楼上道谢，马老师正忙着贴自家的对联，笑容洋溢在他脸上。走出楼门时，抬头正看到院里的一盏声控电灯。每当夜幕降临，电灯就会随时亮起，照亮邻居们脚下的路。这盏灯，也是马老师从三楼的家中引出线装上的。

正月初一晚上，我们回旧居取东西。阴冷的客厅内亮起灯光，一股暖流从心头涌起。居民楼的电路老化，冬天阴冷，我每天开了电暖气取暖，因为负荷太大，楼道内的保险常常被烧。楼里物业没人管，每每陷入黑暗中，都是对门的宋叔从自家取了保险丝替我们接上。宋叔曾经是村里的电工，如今在楼外摆修车摊，邻居们的电路和车子出了问题，都是他帮忙修好。取完东西，去宋叔家坐了片刻，麻烦他帮我们照看空房子。宋叔说："从你们搬走那天，我就照看呢，起风时，怕吹破玻璃；孩子们放鞭炮，我叮嘱离你家窗子远点儿……"那天，宋叔送我们出门，看我们快拐出院子，才挥手回去。回望宋叔的身影，心中是一片不舍的明亮。

元宵节前一个夜晚，我再次回去取东西，因为有事，匆匆地进门开灯，取了东西又匆匆闭灯离开。回新居不久，手机铃声响起，电话那端的声音很焦急："继颖，你刚才回来过吗？我出去买菜，看你家亮着灯，以为你在屋里，想给你拿点东西。等我拿了东西下楼，灯又不亮了。敲了半天门，一点儿动静也没有，我怕小偷儿进你家偷东西……"打电话的是二楼的老人，搬家前，她特意要了我的手机号，说有事方便和我联系。几天前，她打来电话，说准备了些东西，要到新居给我们温锅，添个人气添些喜气。我怕麻烦老人家，就说她准备的东西我们会回去拿。接听着老人的电话，惭愧着刚才没和老人打招呼，也感动着，心头有温暖的灯光亮起……

这些熟悉质朴、热情关切的旧邻居，如温馨明亮的灯盏一般，温暖着心灵，也照亮了与人相处的前路，指引着我们走向新生活的方向。

小善淡香

　　那日下班时，淅淅沥沥地下起雨。老公开车到单位接我。我顾不上看一眼停在院里的电瓶车，急匆匆钻进老公车内。回到家，才想起电瓶车没有用塑料布罩上。望着窗外的雨，隐隐地担心着。因为电瓶车长时间在雨中淋，有可能造成短路。家离单位远，懒得再回去。好在雨下得不大，过了一会儿便停下来。

　　第二天，老公开车送我到单位。门卫师傅见我没骑车，咧着嘴笑问："院里的电瓶车是你的吧？昨天下班后我到院里转，见有辆电瓶车淋在雨里，就找了个塑料袋罩上了，你看看电路有没有出问题。"抬眼看院里自己的车，电瓶上罩着个大大的塑料袋，为防袋子被风吹跑，上面还压了块洁净的方砖。我插了钥匙试电，车完好如昨。向师傅道谢，师傅摆手："谢什么，抬一抬手的小事。"心底涌出一股暖流，冲走了暮春雨后的缕缕微寒。花园里的江南槐紫花初绽，有淡淡的香气飘出来。我置身这淡香里，感动着门卫师傅的小善，微微地有些醉。紫槐花一样的小细节，从记忆里一朵朵绽出来，散着丝丝缕缕幽微的淡香。

初夏，窗外，牡丹花开，色艳香浓。苦菜花也盛开着，阳光下，金黄耀眼，一片一片铺满了草地。掐一朵闻，也有一丝浅浅的香气。窗内，台上讲者声调铿锵，滔滔不绝；台下听众满座寂然，聚精会神。随着时间的推移，讲者清朗的声音，渐渐变得有些浑浊。忽然，台下站起一个年轻的女孩儿，迈着轻盈的步子走向主席台。当她默默地将一瓶"农夫山泉"递到讲者手中时，全场几百个听众，才注意到讲者的面前没有水杯。女孩儿轻盈地往回走，脸上浮着的一抹微笑，像一抹淡香，让人神清气爽。

仲夏夜，地面依旧暑气蒸腾。路边高大的合欢树收拢它层层簇簇的粉色伞花，但依然有清甜的香气，偶尔从树叶间漏下来。马路边躺着一个醉酒的汉子，三三两两在外纳凉的人走过去，对他视而不见。一个满脸书卷气的瘦小男人停下来，吃力地将醉酒的汉子扶坐起来，拖到人行道上。他询问汉子家里人的电话，汉子醉眼迷离，说不出一句话。他又摸摸汉子的裤袋，嘴里说着："老弟，对不起了，我得找找你的手机，帮你想想办法。"汉子身上，居然没有手机，或许是醉酒后落到什么地方了。看着醉得不省人事的汉子，他别无办法，拨通了医院的急救电话。直到吃力地帮着把汉子抬上担架，抬上 120 急救车，目送车子朝医院的方向远去，他才转身离开。

　　……

　　心忧天下，自是大爱无疆；举手之劳，小善亦可传情。大爱如雍容的牡丹，国色天香；小善如寻常的花朵，淡香怡人。刘备说："勿以善小而不为。"凡俗世间，若从小善者如流，和谐之溪聚积，便可汇成河，汇成江海。小善的淡香，盈满整个世界，和谐的芬芳，定会令人迷醉。

另一种风景

骄阳下，没有一丝风，静止的空气被热浪和汗水压得沉甸甸的。小区里，机器的噪声张扬着，躲在有空调的房间里，耳朵里仍被这声音塞得满满的。向楼下望，草坪里一个老伯扶了笨重的剪草机，随着嗡嗡的噪声，绿草上腾起一团团尘雾。他经过之处，一大片无规则疯长的草变成了整齐漂亮的碧毯。望着他灰色的短衫、黝黑的臂膊和脸，耳朵里的噪声变得绵软起来，心也柔软得如老伯剪靓的那片绿意，类似的镜头清风一样从记忆中闪出。

暮春的植物园，夕阳的余晖铺满湖边的小路和一池春水。游人散去，小路上散落着凋零的花瓣和游人弃下的垃圾，碧水在晚风中轻漾，水中飘浮着一层柳絮。园子里静静的，伴着几声鸟语，偶有沙沙的声音。小路上一位衣着朴素的阿姨，拿了扫帚和簸箕，清理着落花和杂物，神色安宁而认真。那沙沙声就是阿姨奏出的乐曲。离她不远，湖岸上一位矮瘦的青年握着一根长竿，竿子朝下的一头绑着一个网兜，专注地网捞着湖里的柳絮，充满朝气的脸上，浮着年轻人少有的淡泊。眼前已没有了别的游人，夕照里，淡粉的海棠花和紫红的香槐花依然欢笑着，沙沙声渐远，水波丝丝缕缕地漾开去，小路和湖面恢复了洁净。被清理过的园子如沐浴过一般，美美地睡上一夜，晨曦中醒来，依然是一片容光焕发的美景。如果说满园的春色是一部好看的大片，那暮色里的阿姨和青年，以及栽花种草，各尽职责的其他工作人员，就是这片子的导演。

寒冬腊月，滴水成冰。冷风呼啸的街头，他们在忙着装饰节日的彩灯。高高的过街天桥，耸入云霄的柱子，都要安装上细细的灯管。他们脱去厚厚的羽绒服，穿着单薄的工作服，如蜘蛛侠一样，高悬在空中。下面过往车辆的喧嚣与他们无关，灯管一根一根地被装在桥栏上、柱子上以及拉牢柱子的一根根铁索上。一天、两天、三天，每每路过那里，都可仰望见他们。春节期间，夜幕降临时，整洁的大街上，彩灯亮起，七色变幻，路上慢行，如入仙境。漫步于节日的灯光下，想起他们，春风提前暖了心头。

……

"你站在桥上看风景，看风景的人在楼上看你。明月装饰了你的窗子，你装饰了别人的梦。"卞之琳的《断章》，让我们眼前的风景更添了蕴藉的诗情：柳如烟，花似锦，水如缎，桥似虹，如画美境中，观景的人也许就成了入梦的一景。然而，我们常常忽视掉他们——剪草的老伯、清扫小路的阿姨、捞柳絮的青年、装彩灯的"蜘蛛侠"们……那些扮靓风景的普通人，是这城市中的另一种风景。若哪一天，在街边一隅与他们邂逅，请做短瞬的停留，用欣赏的眼神，虔敬地将他们摄入心头，如同摄下春花与碧水，以充盈我们平实的日子。

八十元背后的人性阳光

寒假结束，读大一的女儿要返校了。首都机场下午四点的航班，飞抵成都，下飞机，取行李，七点半左右才能出机场。机场到学校没有直达公交，天黑路远，又没有熟悉的出租车司机，一个孤单的女孩儿，怎能让人放心？

放假时，女儿从学校坐出租车到机场，是白天，特意嘱咐她找了位女司机，并记下电话。女儿返校前一天，和女司机联系，车却已预订出去。

我和老公犯了愁。老公在网上搜到成都一位出租司机的电话，接通后老公说明去机场接女儿的事，电话那边详细询问了女儿的手机号码、航班以及飞机起降的具体时间。老公放下电话，我质疑："网上骗子多，这人可信吗？"老公也犹豫了："那就再找吧。"

女儿向学姐要到一串陌生的数字。数字连通的是一个老男人的声音。听女儿说了几句，那声音也同样询问了女儿的手机号码，航班和飞机起降时间。

电话里的声音，太遥远太陌生了，女儿抵达时，他若载着客人，不能去接呢？

怀疑像虫子一样不停蠕动，心成了一片禁不住蚕食的叶子。唉，成都若是有个朋友，该多好啊！这样想着，真的想起QQ里一位初识的文友。上网寻，她在线。毕竟不熟悉，我的话语怯怯的。她一定从小心敲过去的字句中，看到了我那片被噬咬过的叶子。她回复说可以和老公亲自去接。我记上她的电话号码，也把我的手机号告诉她，一再重复，若老公和女儿联系的出租车都不能按时到机场，她能帮忙找辆可靠的出租就好。

女儿联系的出租司机，或许可以信任？飞机起飞后，老公拨通女儿留下的陌生数字，将航班、飞机起降时间、取行礼时间对那陌生而遥远的声音一一重复，千叮咛万嘱咐后才挂断电话。

好不容易挨到飞机降落时间，女儿的电话终于通了。赶紧再和女儿找的出租司机联系，确定他已抵达机场，才暂舒了一口气。短短半小时内，我们一条条发着短信，一次次拨通电话，女儿终于坐上出租车。悬着的心刚落下一半，老公的电话铃声响，心又提到嗓子眼。是女儿的电话，说又有一个出租司机打电话给她。一定是老公从网上找的那个司机！我们只觉他不可信，就再没和他联系，他竟真的去了机场！老公从通话记录里找到他的号码，满怀愧意拨出去。"答应别人的事，我从来不会忘的……"听着电话里那热情洋溢的声音，我们一再向师傅致歉，可心中仍然愧疚不已。

放下师傅的电话，成都文友的电话又打过来，她和老公也驱车几十公里到了机场，左等右等没等到女儿和我的电话，问我女儿是否已坐在出租车上。她怨自己："都怪我，昨晚应该问一下女儿的电话。"我告诉她，昨晚只是怕司机失信，保险起见才求助她，我们需要她做的，只是找一辆可靠的出租车。她在电话那边温柔地笑："你多疑了，这里的出租车司机素质蛮高的。我们来接，是想让你更放心……"

北方的早春，还料峭得很，可分明有一缕缕和煦的春风，从遥远的西南方向拂过来，裹着两位司机师傅和文友的诚信、热情与关切，绽成几束人性的阳光，金灿灿、亮闪闪、暖融融……

我和老公将事先讲定的 80 元钱作为补偿，充到网上寻得的司机师傅的手机卡上。愿这份薄薄的愧意、歉意和诚信，释去对一个城市，对这个社会的怀疑，也化作一缕春日的阳光，将人性的温暖与明亮，洒向远方。

为你的想当然致歉

那天，女儿数钱，突然举起一张百元钞票让我看："这张和别的不一样，是不是假钱？"我拿过这张钞票和女儿手中的几张百元钞比较，果然不一样。这张票子，正面主席像的右侧，多出了两位字母和八位数字组成的蓝色竖号码，左下角的横号码，不是红黑组合，字母和数字全是黑色。反面看那道安全线，完全隐在纸面里，不像其他几张有几段露在外面。细微之处，还有其他不同。以前没遇到过假钞，对钞票也没有认真研究过，这样的百元钞，似乎见过，可面对差异，只能含糊地认定，这张钞票可能是假钞。

若真是假钞，会是哪来的呢？女儿的百元钞，除了亲人和朋友给的，只有一张是小区里收废品的小伙子给的。亲人和朋友怎么会给假钱呢，这张钞票一定是小伙子的了！真是人不可貌相！收废品的小伙子，把手机号写在小区警卫室前的小黑板上。那天拨通小黑板上的电话，他很快过来。看他结结实实，一脸的憨厚实诚，内心的好感油然而生。若不是生活所迫，年轻力壮的，谁愿意到处收废品谋生？于是和女儿一起把旧的书报纸张一箱箱一袋袋运到楼下，再把地下室积攒的瓶瓶罐罐搬到楼外，小伙子一样样分类整理这些废品，我本无耐心等，又觉得他相貌老成，就说先上楼做些事情，称量完毕算好价钱再喊我一声。过了好一会儿，小伙子才喊我下楼，他拿了一张纸让我看，纸上工整地写了一串汉字和数字，是书报纸张和瓶瓶罐罐的重量和数量，他一样样和我报了数目和价钱，最后拿出一张平整的百元钞票，说总共给我六十二块五毛。我接过那张钞票，找他四十块，回家把一百元给了女儿。

　　信任和善意或许成了小伙子欺骗我的理由，若这钞票真是假的，他实在是人穷志短太可恨，拉走那么多东西，还赚走我找他的四十块。我把这怨言唠叨给女儿听，女儿皱起眉头："您怎么就认定这一百元是收废品的叔叔给的？我看他人挺好啊。您先弄清楚再说……""那还不是想当然的事情！你爷爷奶奶阿姨舅舅等人会给你假钞吗？不管怎么说，也不能让假钱害人，咱去银行确认下。"

　　到银行才知道，这一百元钞票，竟是真的。只不过，是1999年的版本。现在流通的百元钞，大多数是2005年的版本。

　　攥着这张百元钞，我有些惭愧，面对可能的假钞，我想当然地贬低了一个不相干的小伙子，只因为他没有体面的工作，凡俗卑微。"想当然"，让我在一瞬间，完成了一次精神上的亵渎。如女儿所说，即使收废品的小伙子不在面前，我也要为自己的想当然致歉。

"凭主观推断，认为事情大概是这样或应该是这样。"这是"想当然"在词典中的解释。生活中有许多这样的"想当然"。只凭私人感情及主观臆想进行无根据地推理、判断，其结果往往是滑向错误的深渊。想当然的后果，轻则误事，重则误人。如果你遇事也"想当然"，就可能为自己的错误埋单。

眼睛是最美的耳朵

哈尔滨一条小街的一个小店里，他专注地坐着，低头修鞋。顾客大声说话，他没有任何反应。他抬起头时，一双大眼睛盯着顾客的嘴巴。看着顾客的口型，他的嘴唇也轻轻地翕动。他的目光，清澈、干净、温暖，问询中充满期待。面前是一位熟悉他的顾客，与他目光交汇，语速放得很慢。片刻之后，他的眼睛绽出别样的光彩，目光中有花朵盛开，一瓣一瓣，缓缓地在空中舒展。他终于张开嘴巴，和顾客说话。他的眼睛眨动着，目光也如温情的阳光闪闪烁烁。

曾经，因为神经性耳聋，难与这世界沟通，他站在过街天桥上，目光冰冷如霜，满眼的绝望，但他终没勇气跳下去。

一个残疾鞋匠教会他修鞋的本领，他开始学着用眼睛倾听，与这世界交流。他用问询与期待的目光，盯着顾客的嘴巴，看人家的口型，嘴唇跟着轻轻翕动，猜测顾客说话的意思。渐渐的，他的目光中，有了人世的温声暖语，抑扬顿挫，有了春天的草美花香，鸟鸣虫唱。他的目光中，自信和希望的种子萌芽滋长。

　　他希望和煦生动的春天，住进更多人的目光里。于是，行动不便的老人需要修鞋，他主动上门去取，修好后再送回去，他用温情的目光，读懂老人们的苦乐酸甜，再用关切的话语，慰藉老人们的孤独时光。受他的目光感染，老人们的眼里，重现出和风暖阳、蜂飞蝶舞、花木菁菁。他义务培训残疾人学习修鞋技艺，为他们解决食宿问题，许多曾像他一样绝望过的残疾人，目光中细雨如酥，草色遥生，有了"乱花渐欲迷人眼"的幸福憧憬。

　　若心灵能蘸取自信的希望、温情的关切和博爱，酿一泓甘冽的心泉，被心泉润泽的眼睛，会滋生出暖阳、细雨、绿草、繁花、鸟鸣虫唱、欢声笑语，生动明媚的春天，会住进温暖的目光。眼睛可以成为最美的耳朵。这样的眼睛，与世界对视的每一寸光阴，都会变得靓丽美好，充满生机。

那些声音的花朵

　　情人节黄昏，路遇同事领着小女儿回家。小女儿才上二年级，稚嫩如一朵娇小的花儿。她的手里，竟也擎着一朵艳丽的玫瑰。这么小的孩子，就知道过情人节了？我问她："宝贝儿，谁送你的花儿？""一个大哥哥呀！"小姑娘骄傲地扬着小脸回答。"大哥哥为什么送花儿给你？""一个小朋友得了很严重的病，要花很多很多钱，几个大哥哥在街上摆了些花儿，谁为他捐钱就送谁一朵。我捐了一百元呢！阿姨你闻，香不香？"

　　小姑娘悦耳的声音，绽成她高举到我面前的粉红玫瑰，在飘满暧昧气息的情人节街头，散着甜美爱心的醉人芬芳，在时光的花树上，长开不败。

　　妇女节，人行道上，迎面走来的小伙子，正专心地打电话。"妈，节日快乐啊！"他微笑的脸上带着点羞涩，像个不谙世事的小男孩儿。他倾听片刻，继续说下去："妈，今天是妇女节呀，您的节日……"他温情绽放的声音，带人穿越空间的距离，望见电话那端的老母亲。老母亲一身朴素的衣裳，手里正忙着活计。日复一日的操劳中，她忘了今夕何夕。儿子一句羞涩的祝福，在老母亲的脸上，绽成一朵幸福的花，淡香宜人。

很寻常的春日，下班必经的路边，胖胖的大婶在削荸荠。平板车上，一大堆黑亮的荸荠上，晶莹着一袋儿一袋儿诱人的洁白。荸荠堆边，一个大塑料袋，盛满细碎的皮。问价钱，黑亮的和洁白晶莹的竟相差无几。喜欢吃这东西，却最怕削皮，一只一只，我的工夫有限，耗不起。路过她的摊子，常买上两袋儿。大婶很爽快："你们上班忙，我有的是时间，闲着也是闲着，削出来吃着方便。"她找钱的时候，努力向上抬一下胳膊，笑着说："瞧，年纪大了，皮削得多一点儿，胳膊都抬不起来了……"她质朴的话语，自然地在暖阳下绽放，像一束清新的荠菜花，洋溢着泥土和阳光的味道儿。

初中生放学了，一个女生骑着车，快速从我身边经过。超出我几米，女生掏了下口袋，五元钱轻轻地被她甩在身后的路上。我喊："那女孩儿，你掉钱了！"她没反应，骑得更快。我停下自行车，捡起钱加速追到女生身边，喊她下车。我下车将钱递到她手里："孩子，以后掏兜时注意点儿。"女生点头。我调侃："不谢谢阿姨？"她乖巧而腼腆："谢谢阿姨！"在和畅的春风里，我的声音蒲公英一般舒缓地绽放。那小小的飞絮，载着善的种子，会不会落在女生心田，发芽滋长？

　　……

　　春光明媚，草长随轻风，花开似细语。行走在生活的路上，只要带一双懂得倾听的耳朵，许多美好的声音，便载着轻盈的善意，绽放在琐碎的细节里。带着希望出发，四季轮回，鸟语更清，花香更浓。

第四辑

逆风的温暖

男孩儿不孤独，因为后面，有一位高大魁梧的父亲，不紧不慢地跟踪呵护。如今，这萧瑟的冬天，逆风而行的老人，年高却健朗，沧桑却幸福。独行的老人也并不孤单，长大的儿子，正逆着曾经和现在的爱之河流，逆风跟踪他的父亲。

旧窗帘里的亲情时光

在城市的夜里穿行，一幅幅华美的帘，在远远近近亮着灯的窗里，流光溢彩；在诗词的意境里徜徉，听帘外雨潺潺的心事，看帘卷西风的幽情。那帘里帘外的光彩和韵味，都不过是一路上的风景。

记忆中的那条旧窗帘，才是家的方向。窗内，拉开的帘边坐着慈祥的太姥姥，脸上挂了神秘的微笑，招手让我进去。

太姥姥布满皱纹的脸白净细腻，听祖母说她年轻时是村里有名的俊媳妇。可太姥爷偏偏无福消受，三十岁就病逝。太姥姥硬是撑着没有改嫁，一个人把外公抚养长大，又一个个带大了孙子孙女们。后来，太姥姥有了我们这些重外孙辈的孩子。长辈们对太姥姥都极孝顺，再困难的时候，她的小木柜里都挤得满满的，里面都是好吃的东西。她却舍不得吃，一次次都散给我们这些小孩子。于是常听到大人们佯装生气地嗔怪她，要她自己学会享福，老人每次都微笑着点头。伴着大人们的嗔怪，她拉动那条旧窗帘的次数多起来。

那条帘外是客厅，帘里是太姥姥的卧室。白天，她盘了腿坐在炕上。窗帘拉开，她隔着玻璃望向客厅的时候，肯定是她一个人在屋里。每每我或别的兄弟姐妹出现在客厅里，她便带了慈祥而神秘的微笑，招手示意我们进去。我们还没在她面前站定，她枯瘦的手已颤抖着去拉那窗帘了。那条窄窄长长的白色旧棉布帘，把客厅隔在外面，这样她的大孩子们看不到屋内的情形，便不会因她散给小孩子们好吃的而"责怪"她。白布帘内，她总是先攥一会儿我们的手，随了季节的变换，问几声寒暖。然后就摸索着下炕，去她的小柜子里拿东西。苹果、香蕉、鸭梨、饼干、蛋糕、冰糖，都是那个时代最奢侈的东西，她一样样掏出来塞在我们手中口袋里，这才又坐回炕上，满足地看着我们把手里的东西吃完。替我们揩净嘴巴，她才又把那旧窗帘拉开，继续关心地问这问那。

太姥姥一次次拉动那条旧窗帘，我们慢慢长大。她最后一次拉上窗帘，把柜子里的美食塞给我女儿之后，在一个雪花纷飞的天气里，带了微笑静静地离去。

那条洁净的旧窗帘，随了太姥姥一起，永远地留在了心底。那旧棉帘隔着的，不是大半生的孤独和伤感，是外公、母亲、姨、舅、我和兄弟姐妹，还有我的女儿辈的幸福。再无奈的日子，只要拉开这道帘，太姥姥便坐在窗里慈祥地微笑着，于是家的温馨爱的甜蜜，便在旧帘里荡漾了。

夕阳下的风铃

夕阳又在院里的苹果树头顶画了个红圆圈，一寸一寸地往枝叶间落。一阵凉风从敞开的院门外跑进来，老丁停止摇动手中的蒲扇，定定地望向院门，歪着脑袋听外面的动静。他的心思在院门口停了好大一会儿，才轻轻叹了口气，从凉椅上吃力地站起来，迈着迟缓的步子去关院门。他眯着眼看苹果树，夕阳的脸被绿叶遮住一半，成了半个大红苹果。

"爷爷，我想吃苹果！"十八年前的春天，这个院子里添了刚落生的孙女儿，老丁就种下这棵苹果树。孙女儿会跑向他怀里撒娇那年，苹果树上结了果儿。苹果红透了，老丁就喜滋滋地摘给孙女儿吃。苹果青了红，红了青，孙女在这院子里吵着叫着，转眼就上了小学。

如今，枝叶间的苹果又青了，老丁真想像过去一样天天听到孙女儿的声音。唉！他下意识地看看自己卧室的窗子。窗子开着，风从窗纱里飘进去，轻轻摇晃着窗前那几串纸鹤。

孙女小学毕业那年夏天，每天写完作业，小姑娘就翻出家里的旧画旧挂历，裁成一个个小方片儿，左折右折就成了一只只张着翅膀的纸鹤。孙女儿聪明，老丁怕她耽误学习，总唠叨："有这工夫儿，念好多字儿了。叠这玩意儿能当饭吃？"孙女儿听了抿嘴儿一笑，笑得有点神秘："爷爷，我得叠够七十二只。"那年，老丁刚好七十二岁，听声音还算真切。

夕阳又在苹果树顶画了红圆圈，孙女儿背着书包跑进屋里，从她自己的小柜子里翻出一嘟噜纸鹤，纸鹤用线串成了长短不一的六串，挂在被剪成圆形的硬纸片上，硬纸片中间被一根线绳串着。孙女儿把纸鹤递到老丁手里："今天您七十二岁生日，我用七十二只纸鹤做成这个风铃做礼物，爷爷喜欢不？"那天，老丁自己都不知道要过生日，儿子媳妇为了挣钱在城里打工，忙忙碌碌地不会记起，这小孙女儿的细心让他心里热了又热。

老丁把纸鹤串成的风铃挂在窗前，窗子开着，风钻进窗纱，风铃沙沙地响个不停。老丁站在窗前靠近了听，觉得这沙沙声比他爱听的河北梆子还悦耳。老伴去世早，儿子一成家就带媳妇进城打工，留下老丁孤单守在这个郊区的小院子里。直到孙女儿出生前儿子媳妇才回来，小院子里才有了生气。可团圆的日子才过了一年，孙女儿一断奶，儿子媳妇就又燕子似的飞进城了，只留下孙女儿让老丁带。虽说只有祖孙俩，可小孙女儿乖巧伶俐，老丁掌上明珠似的伺候着孙女，日子倒也充实快乐。孙女儿也知道疼老丁，才六年级就记得住他的生日。

孙女儿的学习成绩好得出奇。转眼升初中了，郊区的学校离老丁的小院子远，教学质量也不高。儿子媳妇培养孩子的心气儿高，老丁也盼着孙女能成个凤凰。儿子媳妇奔回家一商量，把孩子带进城里，花高价让孩子上了重点学校的寄宿班。院子里又剩了光杆老丁。

每天夕阳成了树上的大红苹果时，老丁都会重复着这串动作，看敞开的院门，听门外的动静，关院门，望纸鹤。孙女儿在城里学习竞争厉害，每天紧张得喘不过气，只有节假日才回来几天。旧画旧挂历做的纸鹤风铃褪了色，老丁却舍不得从窗前摘下来。风进入窗子里，风铃还会摇晃，可那沙沙的声音，老丁听起来越来越轻了，仿佛那声音越来越遥远了。

老丁用枯皱的大手使劲晃晃风铃，侧侧耳朵，那沙沙声还是若有若无。他凑近了床前的挂历眯眼看看，今天居然是他的生日。他再望望那纸鹤，窗外进来的风大了点儿，纸鹤晃得厉害，沙沙声也一定清楚了些吧。可隔着床，那声音老丁听不见。老丁愣愣地想，这风铃的沙沙声，城里读书的孙女儿，打工的儿子媳妇，能不能听见呢？

母亲的苔花

　　母亲有些神秘地拉我到她卧室，从抽屉里小心翼翼地取出一小摞儿十六开的语文本。我莫名其妙地看着母亲。

　　"这是我近两年写的小说。""妈，您写的小说？"我有些惊愕：母亲只断断续续上过三年小学，识字不多，怎么会写小说呢？疑惑着，她已经翻开上面一本的第一页。圆珠笔写出的字迹，很幼稚，但一笔一画都极认真，页面工整清楚。抬头看母亲，快六十岁的老人，一脸虔诚的期待，像等待老师评判作业的少女，笑意中挂着羞涩。一页页翻下去，母亲从记事时写起，写家人、写乡亲，更多地写自己。这不是什么小说，分明是母亲的回忆录。几十年中的许多细节，母亲记述得格外清晰，她朴素而鲜明地表达了自己的意思。从小就感受着母亲的善良勤劳，却从没注意过母亲的梦想。才知道，她是带着梦想走过无数个汗水浸透的日子。是那些最朴素的梦想，点亮母亲一个又一个疲惫的长夜，让她劳累的一生慈祥、安宁而美丽。

母亲很小就有了读书梦。可家里穷，姊妹多，劳力少，十岁才进校门的母亲只上了三年学，就主动回到家中，成了村中最小的"壮劳力"。此后几十年，耕耘过白天，母亲还要播种夜晚。长夜里，母亲编织着一个又一个梦想。油灯下捏泥人，向往一家人吃饱穿暖，妹妹们有学上；烛光中搓拉炮儿，盼望孩子们没病没灾，早点攒够盖新房的钱；电灯下做箱包，期冀子女读书考学长出息，把日子过得更像样子。

长夜里的梦想在母亲的汗水中一一实现。如今，晚上明亮的灯光下，母亲终于有了自己的时间，回首儿时的遗憾，她憧憬着能圆未竟的读书梦。于是，她翻出我读过的书，一本一本地慢慢啃起来。

看过几部小说，母亲又有了新的梦想，要把自己的经历写成一部"小说"，把自己的苦和累，还有自己的梦想写出来，用老一辈的经历告诉孩子们，人活着得奔着自己的梦想努力。她找来侄子用剩的本子用过的笔，夜晚对着台灯，开始了艰难的"创作"。常常遇到不会写的字，她一次次翻开字典，慢慢查找她想用的字。忍着几十年劳累积下的病痛，老花镜陪伴母亲七百多个夜晚，近十万字的"作品"终于默不作声地完成。尽管这作品稚拙得很，甚至会贻笑大方，母亲的生命却因此而更加动人。

　　"苔花如米小，也学牡丹开。"渺小而平凡的母亲，凭自己的勤劳和执著，让我们懂得，在梦想的田野上，无论是谁，都可以努力让生命之花绽放得更加璀璨。

刀尖上的父爱

早上去医院，妈说，父亲一夜没合眼。我把往上涌的疼惜强压在心底，微笑着对他说："是不是怕花钱多？别担心，我们都不缺钱，再说医保可以报销大部分。"父亲的眼里蓄满伤感："不光为钱，这一次次的，总在刀尖上走，我真怕了。"父亲前年才做了心脏搭桥手术，如今三根"桥"又堵了两根。院长和外科主任反复研究，才决定为父亲做支架手术。在"桥"内支架，风险自然就大。一上午，我都在劝慰父亲。

午后，是病人休息的时间。父亲的病床在靠窗的位置，时已暮春，天气暖得很，对着床脚的那面窗子开着一尺多宽。看父亲合上眼，我坐在床脚边的椅子上，也闭了眼休息。路途中颠簸的倦意袭卷过来，我很快进入蒙眬状态。蒙眬中，窗帘向内飞扬起来，触到我脑后的头发，一丝丝凉意顺着窗帘抖落到我身上。身边的床轻微动了一下，我迷迷糊糊睁开眼，父亲已经从病床上爬起来，跪在床脚，脸向着打开的窗子。他缓缓伸出手，慢慢推动窗子。打开的窗子关上了，窗帘安静地垂在窗边，凉意被挡在窗子外。父亲轻轻挪回床头，准备再躺下去。看到我睁眼望着他，他小声说："起风了，怕你着凉。"

心底被刀尖碰了似的，柔软又温暖地疼。前年冬天那一幕又浮现在眼前。父亲做完搭桥手术后的第三天，浑身上下插满管子，血液还在体外循环。陪护在病床边，看他咬紧牙关挨着每一秒每一分，听他隐忍不住发出痛苦的呻吟，真感觉有无数利刃在他虚弱的身体上刺着，也刺着我的心。医生要在病床上为父亲拍 X 光片检查术后情况。准备工作做好，父亲突然意识到什么，用手推了我一下。他无力的手好像凝聚了千钧。我迟疑着不肯挪步，他肿胀的脸上是近乎气愤的斩钉截铁："快点出去！"他吃力地提高虚弱的声音，坚持让我躲到病房外。即使被"刀尖"刺着，他也没忘记，即将射出的 X 光，可能会给我伤害，哪怕只是一丝一毫。

从医院出来，一路上都是晃眼的花，玉兰、榆叶梅、桃花、丁香、紫荆，泪光中，都是模模糊糊的影子，褪了颜色失了香气。远方的朋友，母亲也正病着，她在诗中写，愿煎骨焚香，求母亲健康。我愿意用生命中所有的色彩和花香，换掉父亲面临的一毫一厘的危险，让他再次从刀尖上平安走下来。因为，有父母同行的静好岁月，爱与被爱，如草长莺飞的春路，走下去不愁花红柳绿，芬芳漫天。

疼痛的瞬间

雪后奇寒。

中午下班，一进小区大门，就见两个熟悉的身影，很像父亲和母亲。他们住在几十里外，天冷路滑，汽车跑得比蜗牛还慢，怎么可能来呢？走近，果然是他们。父亲拎两大塑料袋的东西，母亲提一个崭新的鞋盒。

刚看到我，母亲就盯着我的脚唠叨："我没猜错，这么湿滑的路你也不肯脱下高跟鞋，光知道美，不小心摔一下怎么办？"

进了家门，妈从提着的鞋盒里掏出一双平底靴，要我试大小。靴子虽是平底，样式却新颖时尚，皮质也好。我穿在脚上正合适。妈说："我和你爸来，一是想看看你，二是担心你总穿高跟靴，走在路上不安全。下午上班，你就换上这双平底靴吧。"父亲则走到餐厅，从塑料袋里掏出几个餐盒摆上饭桌，饺子和菜冒着热气，都是我爱吃的。他手的动作有些慢，好像哪里不舒服，脸上的笑容却极温暖。

我工作忙，父母怕我惦记他们，常来看我。妈依然什么事都替我考虑周全，爸也习惯了给我准备饭菜。我像幼时一样被幸福的感觉包围着。

吃饭时，父亲的手机响起。我跑去从他羽绒服口袋里掏手机，一张纸也被带了出来，是正骨医院当日的收费单。我拿着单子冲到厨房："你们有事总瞒我……"父亲有些不好意思地说："不过是滑了一跤，左手骨头错位，捏了几下就好了。"他吃力地抬起左手，慢慢在空中活动着。他手上的疼瞬间传到我心里，桌上的饭菜再也咽不下下了。

母亲说："你爸滑倒后爬起来的第一句话就是，咱闺女爱穿高跟鞋，摔个跟头更了不得。怕你知道他上医院着急，本不打算上你这儿来，可实在担心你脚上的鞋……"

突然想起在外上学时，有一次父亲到学校看我，嘱咐我踏实学习，不要总往家跑。后来才知道，是母亲患胆囊炎住院，怕我回去知道她生病影响学业才让父亲去学校的。

许多个疼痛的瞬间，父母不让孩子知道。

什么是爱？爱就是他或她在苦闷伤病的时候，在乎的不是自己的疼，而是你的担忧和焦急，以及你未必会出现的痛。让我们逆着这股爱流，在忙碌或闲暇的瞬间，多想一想他们，是否在担忧和焦急，是否会烦恼和不适，是否有疼痛的可能。

父
亲
的
圈
套

父母的吵闹以离婚告终，他对父亲的憎恶也因母亲的离去而升级。原本，他是个乖巧懂事、成绩优异的孩子，家庭破裂的痛苦让他变得敏感、暴躁、孤独。为寻求解脱，他扎进网吧不能自拔。迟到、逃学，他很快沦陷得消极落后。父亲一次次被老师请到学校，回家后先是苦口婆心地劝说，他不听；再是怒目圆睁地威吓，他不理；父亲高扬起巴掌，他也紧攥起拳头……听到父亲的叹息，他心头却掠过一丝快感：不能给我个完整的家，就和我一起痛苦吧！

记不清是第多少次被父亲从网吧揪出来之后，上学的路上，满脑子暴力游戏的他再次钻进路边的网吧，把书包随便往角落里一扔，便坐到电脑前疯狂地点击鼠标敲击键盘。时不时，他还会发泄似的叫喊几声。不知不觉，天已经黑了，他沉浸在虚幻世界中，还没有回家的意思。

一阵尖利的警车声由远而近，声音在网吧门外戛然而止。他下意识地停止游戏，望向门口。三个全副武装的巡警以闪电般的速度闯进来，冷森森的目光扫视着。以前被父亲捉到，他面不改色心不跳，可这样的阵势他第一次见到，胸中像揣了猛烈敲打的鼓，咚咚响个不停。

那个最彪悍的警察冲他走过来，老鹰捉小鸡一样把他从座位上拎起，一句话不说就把他拉到网吧门外。他的眼前赫然停着两辆警车，其中一辆后面的车厢用铁栏杆围着，他在电视上见过，是关押犯人的。月光下，他被关进铁栏杆内。警车开动了，无边的恐惧包围着他十三岁的灵魂。

他被带进公安局一间阴暗的房子，捉他的巡警板着面孔喝问："你叫什么？几年级了？家住哪儿？知不知道未成年人不准进网吧？"他战战兢兢地回答着，心想，这该是审讯犯人的地方吧。他突然想起父亲，父亲在，他就不会这么害怕。他流着泪央求："给我爸爸打电话，让他接我回家吧！"之前，他见到父亲的希望从来没有那么迫切过。

警察放下电话没几分钟，他的父亲就奔了进来。三个巡警当头数落着父亲，斥责他没好好管教孩子。父亲唯唯诺诺地说好话陪不是，总算得到允许领孩子回家。出门时，他的腿还在哆嗦，父亲却是少有的平静。回到家，父亲一改往日的做法，不劝、不吓、不打。倒是他，心底滋生了一缕缕愧意。

从那以后，他再也不敢去网吧，不再迟到逃学，学习重新有了起色。父亲面对他时，渐渐变得心平气和，无微不至；他对父亲的憎恶，也慢慢被愈发周到的照顾消磨净尽。

多年之后，父子促膝谈心。儿子提起去网吧被捉一事，父亲微笑着说出真相。原来，那不过是父亲多次教育无望后设下的一个圈套——他向公安局的朋友诉苦，恳请朋友在合适的机会为挽救儿子出一次警。

细想那夜的情形，初为人父的他更深刻地理解了爱的含义：爱是世界上可塑性最强的东西，晴可成荫，雨可当伞，旱可化作润物的甘霖，涝可变成渡水的航船，在岔路口，在悬崖边，爱还可以是温暖的圈套，缚住迷路的孩子，将他送入人生的坦途。

最美的新婚致辞

去参加婚礼。主持婚礼的是小城电视台最优秀的主持人，他妙语连珠，大厅内高潮迭起，掌声不断。主婚人和证婚人的讲话也博得满堂喝彩。

轮到新郎的父亲致辞了。父亲站到典礼台前，双脚并拢，整整崭新的衣襟，挺一挺微驮的背。之前，笑容像欢畅的流水一样，一波一波漫过他沧桑的脸，让人感受到他心底快乐的江海。怎么能不快乐呢？儿子自幼聪慧勤奋，以优异的成绩考入名牌大学，毕业后留在北京，新娘是漂亮文雅的北京姑娘，两人都是高薪的白领。开口前的一刻，如流水遇到障碍，父亲的笑容有些滞涩。

"各位亲朋好友，可敬的主持人、主婚人和证婚人，谢谢你们来参加我儿子的婚礼！"他的声音瓮瓮的，语气腔调像学生背书，但一字一句，都从容吐出，清清楚楚。

父亲致谢后停顿片刻，左手轻轻地摩挲着裤腿，大概是想下面的词。刚要开口继续，他似乎想起什么，又闭上嘴，深深地对着台下补鞠一躬，才接着往下讲。

他简单介绍了儿子的成长历程。赞誉和自豪的词句，典雅不俗。他在努力寻找抑扬顿挫的感觉，尽量让自己显出文绉绉的样子，可语速却渐慢，勉强的笑意也悄然褪去，换上一副严肃的神情。他拿着话筒的右手，轻轻抖起来；瓮瓮的声音，忽然夹杂了丝丝颤音。

"我衷心祝愿——"父亲要表达对新人的美好祝福了。人们凝神静听，台上的声音却戛然而止。宾客们用热情的掌声鼓励父亲继续。父亲攥着话筒的右手抖得愈发厉害，暗红脸膛儿颜色更深，纵横的皱纹格外刺眼。

父亲愣怔一会儿，再次对着大家深深鞠躬。他抬起身时，满脸的歉疚，额上细细密密的汗珠在华美的彩灯下晶光闪闪。泪光莹莹的新郎从礼服裤兜里掏出一张折叠的红纸，迅速展开，递到父亲面前，喊一声"爸"，就哽咽了。

父亲推开那张写满字的红纸，长吁一口气，再次说话了："我说几句实诚话吧。儿子结婚，做爸爸的从心里往外乐。刚才那些话，一个多月前就求人写好了，我读书少，嘴也笨，可也想冒充文化人，在儿子的婚礼上好好表现。我害怕给儿子丢脸，拿手电筒当话筒，天天对着镜子练，练过足有百八十遍，早就背得滚瓜烂熟，可今天在这儿一站，还是忘了词……"父亲想了一会儿，又说："我祝福儿子媳妇，什么事都顺心，一辈子好好过日子！"

主持人接过父亲递过的话筒，声音像被水浸过："这是我听过的最美的新婚致辞！"热烈的掌声在大厅响起，与一片泪光交汇。

浓浓的父爱真情，曾在上百遍新婚致辞里，重复、升华，最后，讷于言辞的父亲，还是失败了。可谁又能否认，他是最成功最动人的父亲呢？

坚守圆心的
美丽

　　进入北京科技馆，顿时被孩子们参与体验的热情所感染。看完斜对入口的机器人表演，女儿兴奋地跑上一个悬空的高台。高台上有模拟的太空座椅，每个游客可在上面坐99秒，随座椅的旋转控制按扭向靶子射击，体验宇航员在太空失重的感觉。座椅旁拴一条长长的红带子，红带子内排着一条六七米长的队伍。队伍里大多是安详的妈妈和沉静的父亲，孩子却占少数。开始有些奇怪，这些大人要和孩子一起参与体验？这时从台阶下跑上一个女孩儿，快乐地从红带子下钻到排在第二位的女士身边，笑着仰起小脸："妈妈，我去看机器人舞剑了，真好玩！"女士温柔地拍拍孩子的肩："乖，快到你了。"说完轻轻撩起红带子，弯下身钻出来。两三分钟后，女孩儿坐上太空椅，妈妈赶紧从另一侧的红带子下钻进去给女儿拍照。

原来这些大人是想让孩子玩得项目更多，获得更多的知识和体验，才耐着性子在这里长时间等待！弄清原由，对女儿低语几句，我排到队伍最后。女儿撒欢似的跑向别处。我前面是一位胖乎乎的父亲，儿子也不在身边。队伍静静前移，四十分钟不知不觉过去，女儿已跑回来。前面的父亲此时已排在第一位，转身望望，儿子还没回来，他冲我笑笑，钻出队伍。当女儿满足地从太空椅上下来，要拉我离开高台时，等候的队伍依然很长，依然安静而有序。我又看到刚才那位父亲，他又耐心地排在队伍后面。

在馆内转了整整一天，看到许多家长等候的镜头。在三楼，一位母亲因长久等不到孩子又不敢离开，借刚好路过的旅游团的喇叭站在原地焦急呼喊，一个女孩儿闻声跑向她，不谙世事地尴尬笑着，母亲搂住女儿，泪水横飞。这位母亲和太空椅前两次排队的那位父亲的形象，清晰地刻进我关于等候的记忆。

曾经躁闹轻狂的父母们，从什么时候开始无怨地等候？孩子还在母亲腹中，这等候就已在细心的准备和温柔的呵护中开始了。产房门前，摇篮旁边，幼儿园和小学门口，各种培训班的窗口楼下，中高考的考场外，无数个镜头，诠释着世间最美丽的等待、无私、无畏、安静而慈祥……

亲情多像两脚的圆规：作为一脚的父母无悔地坚守圆心，让另一脚的孩子带着希望和梦想走出去，以或近或远的半径画出人生各种美丽的圆。

离圆心越来越远的长大的孩子们，多想一想那些等候的镜头吧！要知道，此刻，城市的空巢内，乡村的岔路口，都有父母在等待，等你一个问候的电话，等着随时给你开门，等待引领你回家的方向。

暴风雨的路上

暴雨突至，看看表，下午 4 点。该是女儿学琴归来的时候。刚才天晴得很，当然想不到让女儿带伞。我赶紧拿了伞找了女儿的衣服，奔出家门去接。天地间风狂雨骤，晦暗阴森，匆匆赶路的我心急如焚：小姑娘有没有被淋湿？她知不知道找个地方避雨？一个人在风雨交加的路上，会不会担惊受怕？

风雨似乎善解人意，狂乱的脚步很快缓下来。淅淅沥沥的呢喃中，天光亮起来，看清了迎面而来的行人。女儿冒着雨骑车过来，轻松地停在我面前，全无沮丧的意思。我心疼地把伞打到她头上，抹一下她滴水的发尖，脱下她湿重的上衣，把干衣服给她穿上，语无伦次地问着刚才赶路时想过许多遍的问题。女儿顽皮地笑答：您有什么不放心的？我都多大了，还怕这点风雨！

看女儿平安愉悦的样子，悬着的心落下来，和她说笑着回家。

斜风细雨中，包里的手机响起。懒得去接，想这风雨中没有谁会有急事找我。铃声执著着，久久地不肯告停。停下掏手机，刚要接，铃声就停下，手机没电了。

风雨又大起来，庆幸已经和女儿到了家门口。妈妈，我们到家了！小姑娘兴奋地喊着去开防盗门，对面邻家的门也开了。阿姨走出来，手中提着一大袋子东西，说是我公公刚才送来的，敲了半天门，在门口不停地打我家里的电话和手机，一直没人接，就把东西放在她家，嘱咐她等我回来马上给我，并告诉我马上回电话给他，说是大风大雨的我们不在家他不放心。阿姨不停地念叨着："让他待一会儿再走，他执意不肯，说是怕你婆婆担心，冒着雨来，浑身湿淋淋的，接过我塞给他的伞就冒着雨离开了。"

回到家，打开那个大袋子，掏出一个个小袋儿，是各种蔬菜和十来个温热的包子。女儿和我都最爱吃婆婆包的肉包，她迫不及待地打开那个袋子，一股鲜美的肉香在屋中飘散。

窗外的风雨还在肆虐，看着女儿狼吞虎咽的样子，泪一下子从心底涌进眼里。公婆的住处距我们有6站路，从时间上推算，暴雨突至时，老公公正在刚刚离家的路上，他完全可以返回去，或者在路上避会儿雨等风雨小了停了再走。可他没有停下，淋着雨送饭菜过来，不肯休息一下又顶着肆虐的风雨离开。

而老人家，已经六十多岁，还患有风湿性关节炎……

　　记下这岁月的瞬间，提醒自己提醒孩子也提醒你：暴风雨袭来时，在积水流淌的路上，有一份浓浓的关爱正在急匆匆地奔向你。记得嘱咐父母亲人：我已长大，暴风雨中，我会自己回家；您做的美食，我回家去吃；让我在风雨交加的路上，带着颗报答春晖的寸草之心，一步步走向您！

爱总忽略美食的保质期

前几天清早，买了些虾，放在注满清水的盆里，等接女儿放园回来做着吃。

女儿和我一样，非常爱吃油烹鲜虾。做她喜欢的美食，一直是件幸福的事。因为我好多时候要上夜班，只得把她全托，我只能趁中午接她回家。不能顿顿做美食给她，这种幸福的感受更加深刻。

总算近了中午。11点，准备做那些虾。经过几小时，不少虾还在水中蠕动，偶有几只还会蹦出盆外。一边忙活，一边憧憬着女儿吃虾时美滋滋的样子，却突然接到幼儿园阿姨的电话，说几天后女儿要参加演出，要利用中午时间排练，不让我去接她了。

看看那些鲜虾，我无奈地叹口气，倒掉盆里的水，把虾放到冰箱的保鲜室。

第二天中午，又接到女儿不能回家的电话。端出那些虾，看上去依然新鲜。心里却有些急。第三天，女儿依旧不能回。再看那些虾，青青的颜色重了些。想着幼儿园食堂里可能没有女儿爱吃的菜，开始坐立不安。

第四天上午，几次开了冰箱去看，有些虾头的颜色比虾身黯了许多。决定烹了那些虾，如果她依旧不回，就送到幼儿园去。11 点钟，给幼儿园打去电话，终于可以接女儿回家。饭桌上，女儿拿起筷子，兴奋地去夹盘里的虾。才吃掉半只，小姑娘就皱了下眉："妈妈，今天的虾，味道怎么怪怪的？你怎么搞的嘛！"

看着女儿的表情，听着她略带不满的评论，想起过去岁月中许多幕类似的情景。

刚参加工作时，每次回几十里外的家，母亲都会变戏法似的端出许多我爱吃的东西，看我津津有味地吃着，母亲脸上的皱纹里都会挤满笑意。有一年端午我没有回家，隔了几天才回去，母亲端出一大盘粽子。我很快剥开一只咬下一大口，尝到的却是一股霉味儿。我皱着眉吐出嘴里的米和枣，埋怨母亲粽子馊了还给我吃。那时候，家里没有冰箱。母亲像做了错事似的说："糯米蜜枣，我都选了最好的，是你爱吃的。这几天我一直把粽子泡在刚从井里打上来的凉水里，水换了许多次，我以为不会馊……"

婚后，和公婆分开住。到婆家时，婆婆也会端出我们爱吃的食物。巧的是，那美食也会有变质的时候。有一次婆婆送来一袋大虾。打开来看，虾头已经黑了，闻一闻，虾已变质。把虾丢进垃圾筒，心中埋怨着公婆的疏忽。

女儿吃虾的这个瞬间，突然明白了那些美食变质的原因。母亲们何尝不爱我们喜欢的那些美食，只是我们不在身边，她们便小心地留着，焦急地等我们回家，因为那份深深浓浓的慈爱，她们会忽略美食的保质期。

母爱像一只饱满的粽子，粗糙的苇叶包着香米蜜枣，裹着一颗深沉婉美的慈心。剥掉那层粽叶，才会看到纯净新鲜的挚爱。那些不再新鲜的美食，也像一层粗糙的粽叶。大大小小的孩子们，希望某个有意无意的瞬间，我的文字会帮你早一些将那粽叶剥离……

老兵的记忆

八十岁的老公公是个资深老兵，参加过辽沈战役、平津战役、抗美援朝战争。总以为他的记忆是一座宝库，就如他房间里的旧樟木箱，虽然古旧，却珍藏着许多罕见之物，比如包括朝鲜和平纪念章在内的各式纪念章、军功章，用炸药做颜料染黄的旧军装，战友赠他的钢笔之类的礼物，战争年代留存至今的泛黄照片。很多次，我尝试着发掘这座记忆的宝库，想听他详述战争期间亲见亲历的跌宕情节。可老人家就像不愿轻易打开旧樟木箱一样，不是以要看电视节目为借口，就是说要去外面打牌听戏逛公园，总是笑着回避我的要求。

那一天，一家人其乐融融在一起闲聊。我再次请求："爸，讲讲您那些宝贵经历吧，我还想帮您写回忆录呢。"老人家微笑："现在生活这么好，我还没享受够呢，等我老得走不动了，再慢慢讲给你听。""那让我看看您箱子里那些照片吧！"老人犹豫一会儿，颤巍巍走到旧樟木箱前，打开锈蚀的铁锁，取出一叠泛黄的老照片。他从中挑拣出三张，坐到床边，说："这几张有代表性。"

我坐在老人身边，看他递过来的第一张照片。黑白的画面，一辆载满物资的军用卡车，车尾腾起滚滚的尘烟。汽车右上角，是一列闷罐子火车的车尾。照片后面有模糊的字迹："长春——祖国美丽的大地，可爱的城市，我们怀着恋恋不舍的心情离开了她，因为我们优秀的中华儿女组成的志愿军，要去朝鲜保卫同样可爱的城市和乡村。汽车已上路，我们已出发。一九五三年元月十六日。"老人神色黯然："就是在长春车站，我含泪告别从几百里外赶来送行的父亲，踏上去朝鲜的征程。"

第二张照片，远处是连绵的秃山，近处是笨重的火车头，铁轨边是两间简陋的房屋。照片背后的小字也已模糊："这是朝鲜战争中的一个小站，它是钢铁运输线中不可磨消功绩的一颗重要镙丝钉。我们到朝鲜的前线就在此下车，我们的坦克旅第一次接触了英雄不屈的朝鲜土地。"老人面色凝重："援助朝鲜的战争生活从此开始，我们蹲在低矮的防空洞里，每天面临生死的考验。"

第三张照片上，是两排白衣战士，前排坐，后排站，年轻的脸都很矜持，却都挂着舒心的笑容。老人说，这张照片是

1955 年末从朝鲜回国后在北京的部队医院拍的，远离了战争，过着和平安宁的日子，辛苦却感到莫大的幸福。

我的思绪在遥远的炮火中纷飞。从长春到朝鲜，再回到北京，在这期间，以及辽沈、平津战役时，不知老人家曾多少次出生入死，欣慰的是，他终于平安抵达和平的今天，安享着晚年的天伦之乐。

老人收起照片，神情肃穆："许多和我生死与共的战友，睡觉时我常梦到他们生龙活虎的样子，还有他们牺牲时的惨烈。那些记忆，太痛苦了，不愿再提起……"回味这番话语，回想老人突然从睡梦中醒来时惊惧的样子，我终于理解了老人不愿打开旧樟木箱，回避谈论战争的原因，蜜罐中长大的我，每一次请求，其实都揭疼了老人的伤疤。炮火中走来的老兵们，更愿封存伤痛的记忆，与我们一起，开心享受和平盛世的幸福与安适。

慢点儿开门

近几年，每每站在那扇熟悉的门前，老公总是轻轻地按响门铃。待里面传来快乐悠长的一声"唉"，一向急性子的他便不停地高声重复："慢点儿！慢点儿……"

"来了！来了……"房门里的声音，由远而近，流淌着急切与欣喜，与老公的声音唱和着。门里门外，便回旋着一曲热乎乎的旋律，一首温暖的亲情之歌。

门里住着的，是公公婆婆。公公年逾八十，听力不大好，最先听到门铃响的多是婆婆。婆婆腿脚有毛病，行动有些困难，却恨不得马上将门打开。欢喜悠长的应答声里，所有的寂寞和冷清，都在奔向房门迎接孩子的一刻烟消云散。

时光回转，已到中年的老公，曾是蹒跚学步的孩童。满脸皱纹的婆婆，曾是青春饱满的母亲。门开着，母亲将孩子放到门外，微笑着退回门里，张开温暖的怀抱，等着几步之遥的孩子。小小的身影，蹒跚着扑向门内张开的双臂，一步一摇的浅浅惧怕里充盈着胜利的愉悦。

孩子上了小学，不久便成了翩翩少年。依然年轻的母亲终日风风火火，工作家务两不误。放学后，饥肠辘辘的少年即使闭着眼，也能被那熟稔的饭菜香牵引到自家门外。虚掩的房门，显示着母亲的细心。厨灶前，母亲指挥着锅碗瓢盆；餐桌上，冒着热腾腾的香气。

去外地读大学时，孩子已是俊朗的青年。母亲的眼角，添了几道皱纹，黑发间也夹了几根银丝。放假了，青年归心似箭，奔到家门前急急地敲匆匆地喊。门里的母亲，瞬间将门打开。绵长的牵挂和等待，化作泪光闪闪。

时光再一眨眼，孩子有了自己的小家，一步步走向中年。忙忙碌碌间，会忽然想起已久未回家。一路赶回去，迫不急待地敲响那扇熟悉的门。母亲的应答声初听有些远，瞬息之后已在几米之内。门未打开，却传出扑通一声，患关节炎多年的母亲已跌倒在门内。终于，门打开了。母亲的脸绽成一朵灿烂的秋菊："瞧我，真不中用了。天天盼着你回来，听见敲门，只想着快点儿来开……"他望着母亲头上的秋霜，想着她腿部的疼痛，愧悔交加，雾蒙了双眼。

中年的大孩子，回家的次数多起来。他高声重复提醒母亲慢点儿开门的旋律，便常常在门外响起。门里的婆婆，唱和着走过来，那悠长的声音里，漾出蜜汁浸过的音符。这样的时刻，门里门外，飘散着暖暖阳光的味道。

住进目光里的春天

早春，乍暖还寒。上下班时，偶尔会见到满脸皱纹的老父亲，静静地站在小区花园里，向楼上望。更早地，从深秋开始，他就有过这个仰望的动作。他仰望的目光锁定之处，是我家的阳台。顺着他的目光望上去，看不出我家阳台和别人家的有什么两样。难道是仰望挂在栏杆上的葱？

去年深秋，站在阳台上，无意间向外望，发现栏杆上多出几小捆儿葱。每捆儿六棵，叶尖挽在一起，整齐地挂在栏杆上。不用猜，这是同住一个小区的老父亲买下的。老人有储葱的习惯，每年深秋，都会买回几捆，我们和哥嫂都有份儿。去年刚入秋，我就嘱咐："爸，您别给我们买葱了，每年一大捆，堆在阳台上，吃不完就烂了……"

老人还是买回一大捆葱，一定是怕葱再烂掉，才费了一番心思和工夫，将葱均匀分开不失美观地挂在阳台的窗外。他有我家钥匙，一定是怕我们麻烦，才趁我们上班时进来分葱挂葱。

葱真的没再烂掉。那日下班，进了小区，才想起最后一棵葱已吃完，忘了去菜店买。开门进家，门内倚着一个手提袋，袋内整齐地立着两小捆葱。那一瞬，恍然记起老父亲望向我家阳台的目光。阳台栏杆上的葱，一小捆一小捆地少下去，老人的目光，洞悉了孩子居家生活的静好安稳，心中充盈的，一定是满足与欢喜吧？断葱的早春，及时送两捆葱过来，于老人，就是力所能及的雪中送炭了吧！

老父亲像个神探，不仅知道我们断葱，还知道我们何时在家，何时出门。他站在自家六楼的阳台上，可以遥望见我们的车位。不知多少次，戴着花镜的老父亲，目光斜斜地望下去，在各色汽车的长龙中，搜寻那辆常载着他孩子的汽车。

"你站在桥上看风景，看风景的人在楼上看你。"我们的父亲母亲，无论站在楼下还是楼上，孩子是他们视野里永远的风景。仰望阳台的瞬间，俯视车位的时刻，他们温暖的目光里，草长莺飞，叶嫩花繁。

孩子的测试

"妈，这次考试，我退步了18名。"

心中暗暗起了涟漪，这当然不是我想要的结果，该怎样接受这样的成绩？我迟疑着，一脸的波澜不惊下面，隐着些失望和愧意。这一年，去乡村支教，每天七点前离家，傍晚才回，只有早晨和深夜，才能见到她。老公平日也在外，一日三餐，她多是自己解决，女儿的中午，是属于一个人的冷冷清清。

"爸妈没时间照顾你，成绩没有大的浮动，已经很不错了，别难过啊！"我安慰她，也是在安慰自己。

女儿眨着狡黠的眼睛："我逗你呢，其实，我进步了18名。"进步18名，在这所竞争激烈的重点高中，就进入了年级前20名！我心中一阵窃喜，可表面还得装得云淡风清："进步也在预想之中。你一向自立自强，将来中个状元，也不是什么意外的事。"

女儿一脸释然地笑。这一次，我又顺利通过她的测试。

作为家长，在孩子尚未进入学门，还不会应对考试之前，就开始面对孩子无意或有意的测试：一句话、一个眼神、一个动作、一次成功、一次犯错，哪怕一次小小的选择，孩子们无时无刻不在展示自己的试卷。这试卷常常出得措手不及，没有既定答案可以事先准备，测试结果却关系到孩子的成长，甚至一生的命运。

电视《讲述》节目播出了这样一个真实的故事：身为教师的母亲，对天分极高的儿子寄予厚望，儿子成长的每一步都在她的规划之中。在她当着众人的面，又一次撕碎儿子的作业时，儿子竟面目狰狞地冲向她，双手紧紧掐住她的脖子……她被在场的人救下来，痛苦中面对儿子的冷漠、冷战和矛盾的激化。几番反思，几番谈心，她终于鼓足勇气向儿子道歉，儿子说出了仇视她的理由：他学会的第一件事就是忍受，没有自由和权利，像个犯人，她说什么他就得做什么。望子成龙的她，只顾费尽心机收取孩子被动作出的答卷，却不想孩子也是测试者，母亲的言行态度，都会投影到孩子的心湖，接受评判。她的答卷，是千篇一律的主观武断，如此答下去，望子成龙的梦想终成泡影是小事，孩子心灵的扭曲、人格的缺陷、家庭的惨剧才更让人闻之骨寒。

"华文卡内基之父"黑幼龙说，父母最重要的不是给孩子多好的物质条件和学习成绩，而是要培养孩子自信、开朗，懂得与人沟通，懂得关爱的性格。愿天下所有的家长，都能用心面对孩子的测试，一丝不苟地作答。多一些沟通和理解，多一些反思和换位，多一些关切的阳光温情的雨露，让孩子健康成长，快乐成才！

好大学

　　早晨收拾房间，女儿记录学科难点的小黑板左下角，赫然多了一行字："距高考288天。"中午，女儿回来，我望望小黑板，冲她笑。她也会意地冲我笑。我知道，女儿有压力了。

　　午饭时，女儿聊她的同学："班长说，他突然顿悟，原来，上了这么多年学，最终目标是考个好大学。"

　　考个好大学，就是最终目标了吗？我这样向女儿透露过吗？没有。考个好大学，确应该是学生时代的目标，就如士兵的目标是当将军一样。可是，除了进入好大学门坎必需的科学文化知识，学习的目标还有许多啊，学会学习，学会合作，学会生存，学会竞争，学会发展，这些都是孩子们将来能安身立世的条件啊。思忖着，一个合格的家长，不应只把孩子引向好的大学，更应该将孩子引向健康快乐幸福美丽的人生。一时间，我感觉自己格外迟钝，该如何对女儿说呢？

停顿一会儿，我才开口："能考个好大学当然好啊，我也盼着呢。但是，好大学绝不是学生时代的终极和唯一的目标，它只是你人生需经历的一个驿站。好大学的驿站，可能会通向更宽更广更通达的道路。除了好大学，学习的目标还有许多啊……"吃着饭，我不想过多地说教，让孩子反感。这是我一直以来的作风。我期待着孩子自悟，终有一天她会懂。

黄昏时，六点还不到，我就匆匆忙忙骑了电动车去给女儿送饭。女儿吃不习惯学校食堂的饭菜，我又害怕街上的小吃不卫生，就坚持送饭给女儿。送饭途中，顺路到学校门口拿邮件，是一包沉甸甸的书。电动车筐里已满是饭盆饭碗的，书只能放在车筐盖上面。我小心地骑到校门口，刚好学生们蜂拥出来。女儿很快出来，接了饭菜转身回去，我准备离开。电车转弯时，一箱书掉到地上。几个学生到了车边，看我的书掉落下去，冷漠地走开了。想到中午女儿讲的"好大学"的"最终目标"，心里有些忧。见到别的家长东西落地，我女儿也会漠然处之吗？

晚上接回女儿，有意识地和她叙说这一细节。女儿说："学校里有很多人都是这样子的，事不关己，高高挂起。"我有点急，问："要是你遇到这样的事情呢？"女儿笑了："我当然和他们不一样啦，上学期我见到下届学生的书掉了一摞，就主动帮她捡起来，看她抱的书太多了，就一直送她到宿舍。

学校里类似的事情不少呢，比如上厕所吧，有的女生都不知冲干净……"听女儿讲着，我心里的一块石头落了地。帮人捡几本书，自己冲厕所，这也是孩子们上学应达到的目标啊。还好，女儿懂了，相信她还会懂更多，实践更多。也期待着，更多的孩子，会懂得，会行动。

一剂良方

晚上，开车去接女儿的路上，老公打个呵欠："实在太困了……"他早晨五点多起床送女儿上学，上午去二百里外的城市出差，黄昏归来，又陪我去学校给女儿送饭。晚饭后他本想睡一会儿，却因惦记接女儿，片刻也没合眼。

在校门口等待几分钟，女儿微笑着走过来。微笑是她乐观随和、豁达开朗的标签，这微笑，足以让父母心中充满温暖的阳光，让我们的生活一直明媚。

到车上，女儿开口了："一模成绩出来了，三百多名，你们信吗？"我有些忐忑，笑着说不信。一直在年级名列前茅的女儿，怎么会落到三百多名？"三十多，该信了吧！"我们听着，不说话。"哈，是年级第三！"

女儿话音刚落，老公就轻声笑了。明亮的路灯光里，他的眼角眉梢都舒展开了。这短短的路上时光，比以前更加轻松愉快。最近，拉着他看高考励志文章，他毫无怨言地在辛苦工作之余，受着教育艺术的感染。女儿在家时，他不再开电视；女儿睡前，他强打着精神等；粗心的他，记得给女儿打洗脚水，催女儿刷牙……

回到家，女儿到房间里学习。我催着老公："今天我等女儿，你太累了，快去睡吧！"他站在客厅里，精神抖擞的样子："谁还困？没看我多精神吗，我等宝贝儿……"女儿的房门关着，他在客厅轻轻地踱步，暖暖的灯光之下，满屋子全是一个父亲的喜悦和自信。

不懈努力冲刺高考的女儿，是解除父亲困顿疲倦的一剂良方。

不打扰你了

上晚自习，掏出手机看时间，竟有四条未读短信——

17点53分：你的嗓子还不好？我陪你去看中医吧，你老姨的咽喉炎就是吃中药好起来的。

18点06分：寒假我和你说的那个偏方，你试过吗？蜂蜜泡白萝卜，两小时后沥水喝。

18点30分：新房子要经常开窗通风，把毒气都放出去。你新搬了家，可别总关着窗子。

19点50分：你在忙什么？在学校上课吗？晚上还不歇吗？自己注意，别累坏了。

短信是母亲发来的，因为上课的缘故，我把短信提示铃声换成了静音，常不能及时看到短信。四条短信，跨越了两个小时。这两个小时，母亲收不到回复，又担心我上课不敢打电话过来，一定是满心的担忧吧？趁学生写作业，我走到教室的后面，偷偷回复了一条短信，告诉母亲我在辅导自习，不能逐条回复她的短信。短短十几秒后，母亲的短信就回过来："回家路上要小心些，不打扰你了。"

"不打扰你了"，这句话看在眼里，心也跟着一动。平日，母亲常常发了关切的短信过来，而我，也常常不能及时看到。读过，匆匆地回复过去，一去二来，母亲便怀着一丝愧意，说一句"不打扰你了"的话。

这样的话，婆婆也常说。

年近八旬的婆婆不会发短信，便常打电话过来。电话接通的时候，我有时在办公室备课，有时在路上疾驰，有时在家中忙碌。聊上两句我就会告诉她我正做的事情和所在的地方。婆婆知道我每天忙于工作和孩子，就把话语浓缩凝练，一条一条地还加上了序数。婆婆很少求于晚辈，倒是整天乐此不疲地询问着我们想吃什么，需要她如何做才能帮一点点忙。说到最后，婆婆会难为情地说："哎呀，你忙你的啊，不打扰你了。"中午或者晚上，到了吃饭的时刻，常常有轻轻敲门的声音，是八十多岁的老公公，手里端着新鲜的饭菜，都是我们爱吃的东西。他进了门，微笑的脸绽成一朵菊花，殷勤地问着工作和女儿的事情，脚却定在门内，不肯往里挪。我接了他手中的美食，邀他进屋坐会儿，他却看看洁净的地板，摇着头说："你们快吃饭吧，不打扰你了。"然后满足地推门离开。

晚上十点，女儿苗苗下自习回到家，看一会儿新闻，便躲到自己的房间内学习。老公打了温热的洗脚水，端到她写字台边，让她泡脚。再过片刻，我端着水杯推开女儿的房门，送到她手边。出来没多久，我又折进她的房间，问她早餐想吃什么。女儿有些不耐烦："妈妈，你和爸爸平均五分钟进来一趟，还让不让我踏实学习了。"看她皱眉的样子，心中便有了丝丝愧意，虽然明明是去关心她，可仍是不好意思地表达着这份讨扰的心意："宝贝儿，我们尽量少来，不打扰你了。"

想想爸妈和公婆，想想自己和女儿，一句不打扰，包涵了多少暖暖的关切、呵护和理解。而我，比女儿更清楚地理解这句"不打扰你了"呈给晚辈的无边爱意。被真情挚爱"打扰"着的我，也捧了一颗爱心"打扰"着女儿。这份"打扰"，让平淡的生活充满了爱的味道。

渐排渐远的车队

渐渐沥沥的雨，到中午还不肯停下来。打车去接女儿。到校门口，两排车队早已分列马路东西，有汽车，也有三轮车、摩托车、电动车、自行车。驾车的家长们，多是接孩子的，也有给住宿生送东西的，拎着沉甸甸的袋子，袋子里的水果和零食，在这样的阴雨天很显眼。

还有一分钟就下课了，家长们冒着蒙蒙的雨，在车边等，生怕孩子们涌出来，看不到自己。我怕女儿去推自行车，便走到校门内，对着女儿在的教学楼门口望。

铃声响，孩子们陆续跑出来，女儿的红衣格外显眼。她一下子就看到我，冲我挥挥手，跑过来。

校园里的绿叶，在雨中抖擞着精神。接送女儿之际，眼见着校园里的花事，一场一场，开至荼蘼。

女儿用勤奋育着一朵最美的六月花，她是这个初夏最动人的花苞。为了她和她的同学们，多少父亲母亲在奔波着，操劳着，用了温热的爱心关切着。还有许多本可以不相干的人们，也将关注呵护的目光与行动，投给孩子们。小城新来的市长，去了女儿所在的学校，和高三学子们共餐半个月，考察食堂的伙食情况，并且在市里财政紧张的情况下，拨款关心孩子们，于是每天黄昏，女儿一样的花苞们，可以免费享受一个鸡蛋和一盒三元奶。

中午晚上，接孩子的车队又长了许多，尤其下晚自习时，还算宽阔的马路，四排车道上，三排车道都排满了车，一辆一辆，井然有序地排了三队，从北到南，排出了一二百米长的距离。家长们三五成群站在车边，低语着，谈论着孩子、高考、大学和营养的事。

为了六月的绽放，为了梦想的船帆能顺利远航，这排排护航的车队，风雨不误地一天天准时泊在这里，泊得无怨无悔。

孩子们，当你们徜徉在大学的校园里，当你们在理想的彼岸偶尔回望，有没有望见，高三的校门口，这渐排渐远的护航的车队？

记住那五分钟

习作讲评课上，一个女孩儿读范文。作文题目是《心中有话对你说》，女孩心中的话，是对父亲深深的感激。女孩回老家，下了火车，是黎明时，父亲已开车在车站等她。带女儿回家的路上，父亲忽然停车，说要睡一会儿。

只小憩了五分钟，父亲便在女儿的催促下重新发动汽车。归心似箭的女儿，并未在意这短短的五分钟。进了家门，母亲说父亲为到火车站接她，整整一夜没睡，那一刻，女孩回想起路上的五分钟，理解了父亲的疲惫与爱的深沉。

女孩儿哽咽着读完作文，台下也被感染得唏嘘一片。

能记住父亲的这五分钟，孩子情感的田野上，就有一片蓬勃着生机的新绿了，或许用不了多久，就能绽出芬芳的春花，结出醇香的夏果。

　　我女儿的记忆中，有没有过这样的五分钟呢，她有没有在一滴五分钟的时间之水里，看到时光中硕大的爱的太阳？

　　晚上接女儿回家的路上，听她聊学校的事。上晚自习时，隔壁班的一个男生歇斯底里地和历史老师嚷，大概老师因为什么事管教那个男生，男生不服气。听人谈论过那个历史老师，也见过几面，刚刚三十岁，孩子还小，很敬业很善良。她调入一中才几年，第一次带高三，又担任班主任。见她时，她俊美的脸上挂着微笑，却蒙着一层浓浓的倦意。涉世未深的粗心男孩儿，一定没有细想老师讲台上下付出的艰辛，否则绝不会歇斯底里。作为高三孩子的家长，我能理解高三老师的那份责任。责任的代价，是一天天驱不走的疲惫。

　　前天，高三学生体检，女儿是一班，要早晨六点准时赶到市医院门口。五点四十，我骑车带女儿出门，快到市医院时，遇到几队高三学生，从学校走路过来，五六里的路程，班主任们也走路跟在队伍旁边，像父亲，像母亲，安详而从容。其中就有女儿的班主任宋老师。五六里的路程，要走二三十分钟，宋老师家就在医院旁边，他大概五点钟就从家里出发，到学校领学生去了吧？天还灰着，没有亮起来，我带女儿从队伍边经过，宋老师微笑的倦容，动人心弦。他说，最近高三的老师几乎都长在了学校里，只偶尔能在家作片刻的休息。

　　家中片刻的休息，多像我学生作文中父亲的那五分钟。老师和家长们，都希望小憩"五分钟"吧，然后，再辛勤地付出，再无怨地去爱……

　　可爱的孩子们，都记住那五分钟了吗？都想到比五分钟长成百上千倍的爱的时光了吗？若答案是肯定的，感恩的种子便会发芽滋长，开出爱的花儿来。

飞过无悔

打开 QQ，老公贴过两行链接。打开看，有《高考调整到最佳状态的技巧》，有关于新材料作文立意的内容。看前者，丢弃自责，转移情绪，自我减压，自我质辩，积极暗示，扎实努力，正常作息，笑对考场，轻松应考，持平常心。关于这十种技巧的内容，早在几天前就给女儿打印出来，现在就摆在女儿的写字桌上。不禁莞尔，想想老公，一个粗粗拉拉的大男人，每天工作之暇，搜索着一些关于高考励志、学习、饮食、报名等方面的内容，他看这些密密麻麻小字的时刻，脸上一定浮着父爱的温情，让人感动。

看作文内容，2006 年北京的作文材料是这样的：乌鸦见老鹰从峰顶俯冲下来抓走小羊，非常羡慕，也想拥有这样的本领，于是模仿老鹰拼命练习。他觉得练得很棒了，便从树上猛冲下来扑到一只山羊背上，想抓住山羊往上飞，可它身子太轻，爪子被羊毛缠住，被牧羊人抓住了。牧羊人的孩子问这是一只什么鸟，牧羊人说乌鸦是一只忘记自己叫什么的鸟。孩子摸着乌鸦的羽毛说它也很可爱。

这个材料后面，有一篇作文是《我已经飞过》，从儿子的角度来立意的——只要为了梦想努力奋斗，不论结果如何，奋斗的历程都是精彩动人的。结尾两段很煽情："年年岁岁花相似，花儿从含苞欲放到枯萎凋零，是生命的一个必然过程，但盛开的美丽与芬芳却不相同，而人们记住的，也只是它辉煌时的永恒；岁岁年年人不同，其实，人不同的就是各自的奋斗历程，传记中最精彩的，永远都是奋斗的过程。天空没有留下痕迹，但我已经飞过。我用我的翅膀在空中谱写了一支奋斗之歌，只要抬头，就能听到我曾经努力所留下的精彩瞬间，不，瞬间已成为永恒。此刻，我已变成了那只可爱的乌鸦……"珍惜光阴，让过程精彩，在奔向梦想的路上留下奋飞的痕迹，青春不返，飞过无悔。这正是我想要告诉女儿的。希望女儿将理想带给自己的压力化成奋飞的动力，在离高考最近距离的时光留下姿态最美丽的青春飞翔。

早起打开博客，有远方博友的留言："高考倒计时，我在远方为你的宝贝女儿祝福！"从女儿进了小学，就开始蹒跚地向着高考的方向走了，如今，十二年漫漫长路，终于要走到终点，开始一段崭新的旅程，女儿的心中是激动、释然，还是留恋、不舍呢？

　　中午，蒸了米饭，做了西红柿炒鸡蛋，热了草莓汤，还切了香肠，洗了圣女果，切了西瓜，桌上本来还有皮皮虾，两个人面前，挤挤挨挨地一大桌饭菜和水果。晚上逛超市，又买了新鲜的鸡蛋、苹果和芒果。接女儿回家的路上，问她明天想吃哪种汉堡（中午提前对她说明晚要去肯德基给她买晚餐的）。女儿笑着说，上了高三太享受了，待遇是今非昔比了。

　　寻常的父母，在孩子成长的天空里，多像伴飞的鸟，全力以赴地呵护，为了孩子明天的美好与幸福，和孩子一起，飞过无悔。

爱的拐角

中午 1 点 35 分，唤醒读高三的女儿，便赶紧到楼下，推了电车准备往单位赶。心却还在家里。担心每日睡不够的女儿，我走了，她又睡着。

担心着，不肯骑上电车，几步一回头，盼着女儿从楼门口跑出来。几分钟过去，看看表，估计赶到单位快要迟到了，小姑娘还没出来。我已推车到拐角处，拐过去，就看不到我们住的那栋楼了。我推着车站在那里，扭着身子，回头望。终于，熟悉鲜亮的红色身影从楼门口奔出来，跑向自行车棚，我才终于放了心，骑上车风驰电掣向单位赶。

停在拐角的时刻，已记不清有多少。

我去乡村支教那年，女儿读高一。早晨五点多做好早饭，伺候女儿吃完去上学，赶紧又给她准备午饭。急匆匆地忙完，再一路小跑去街头赶车到几十里外的乡村。中午，给女儿三个电话，12点15分，估计她已放学回到家，催促她早些吃饭；1点钟，估计她已练琴完毕，催促她早些休息；下午上课前20分，叫醒她起床上学。三百多天，几乎天天如此。打电话时，手里常忙着事情，就如在某个拐角，要拐弯前行，可是，担心着身后的女儿，便驻足回望，温柔地关切。有一天，因事忘记了打电话喊女儿上学，她就真的睡过了头。班主任打电话询问女儿没到校的原因，我火速将电话补打到家里，女儿才急慌慌地起身赶往学校。

俞敏洪说，对孩子最重要的教育是人品教育、心情教育、鼓励教育。而人品教育最重要的一点，是教会孩子去爱。有爱的心灵，才润泽肥沃，才会长出绿色绽出缤纷。与女儿一路同行的许多年，我始终以行动，昭示着责任、温情、热心与关爱，希望给她潜移默化的影响。从蹒跚学步到如今与我比肩，女儿真的没让我们失望：外出时，每遇到路边的乞丐，她都会停下来，将硬币或纸币递过去；同学有了困难，比如住宿生需要给应急灯充电，或者缺了草稿纸，女儿会欣然地帮忙拿回家来充电，或者把自己过去用剩下的本子带到学校，给别人当草稿纸。妇女节、母亲节、我的生日前，她也常问我："妈，我送您些什么好呢？"我的女儿，也无数次在她前行路上的拐角处，停下来回望，伸出手给予。

我总感觉自己的心灵、脸上和手中，盛放着温暖，盛开着微笑，托举着关切，有满满的爱。那爱，有许多是从长辈的心中、脸上和手中接过来的。一天上晚自习，我给学生们讲课，声音沙哑着。学生们写作业的时候，看手机，已有一串短信，是母亲发来的，担心我的嗓子，帮我想了许多办法，试试偏方啦，陪我去另一座城看中医啦，母亲的爱，在我讲课时，默默地挤满了手机屏幕，翻过一页，又挤满一页。另一天晚自习，电话铃声不停地响，因为讲课，几次未接，直到学生们齐声喊："老师，一定有急事，快接吧。"这才接通电话，是婆婆打来的，她说，坚持吃药啊，坚持到医院治疗啊，多喝水呀……我连声喊"行"，学生们微笑，也跟着喊"行"。我把婆婆的话转述给孩子们听，告诉他们："这就是爱啊，你们的父母，都是这样爱你们的。"给予我这些关爱的时候，我的母亲和婆婆，或许也正站在某个前行的拐角。

希望所有的孩子，从我们脸上、手中和心灵里，接过去的也是一份份丰盈的爱意，并将这些爱撒播传递，温暖尘世。那么，作为孩子和父母的我们，走过无数个爱的拐角，便完成了生命中最重要的爱的传递。

母爱是最美的伞

　　窗外，雨声潺潺。童稚的女儿伏在窗前凝神一会儿，满脸的欣喜："妈，我想到雨中走走，你陪我啊！"我给她加厚了衣裳，拿了伞随她出门。落叶、飞花、急雨，溅到我的衣服上，凉意袭身。雨天的萧瑟里，被我揽在臂弯里的女儿，却成了绽放得最美的一朵花儿，微笑从她心底淌出来，溢满她稚嫩的双颊。结实的大伞罩住她小小的身子，伞外的雨帘和雨声，一定是新奇的图画和醉人的旋律吧！

　　女儿上高中后，每天下晚自习去接她。高二那年一个夏夜，快下晚自习时，雷鸣电闪，暴雨倾盆。老公不在家，只身拿了伞和保暖的衣服出门。狂风怒卷，伞在头顶歪来斜去，雨水顺着头发和裤脚往下流，却努力护着手中的衣服。窄窄的街巷，高柳遮天。路上不见别的行人，心头笼着一层怯意。小时候，母亲就嘱咐雷雨天不能在树下走，可实在没有别的路可选。想到母亲，心中透进暖暖的阳光，缓缓将那层怯意驱散。我读初中时，母亲也曾在这样的雨夜，拿了伞护着我的衣服，在迂回的乡间路上孤独地向学校奔走……

晴暖的回忆，让曾经那个娇柔怯懦的女孩儿，变得坚毅勇敢。因为，女孩儿有了一个光荣的称号——"母亲"。

到校门口时，站在家长的人墙里，借着路灯光，紧盯着校门内涌出来的孩子们，生怕放过宝贝女儿。女儿走出来，躲在同学的伞下，伞外露着半个肩。赶紧迎上去，把伞护到她头上，给她套上干燥的衣服，揽了她的肩，趟过冰凉的雨水，快步往家里赶。进了家门，赶紧让她脱衣，冲热水澡。直到将她塞进温暖的被窝，才赶忙将自己湿透的衣服脱下。

第二天，雨过天晴。我浑身发冷，不停地咳嗽。那一场感冒，持续了一周才慢慢好起来。女儿一如既往地健康明媚，虽然每天要撑着虚弱的身子照顾她的衣食起居，可心中一直充满快乐的阳光。

雨夜接女儿，有三四次了吧。也有几个早晨，外面下着雨，骑电车送女儿上学。雨水顺着雨衣的帽檐流下来，淌过双眼。视线一次次模糊，我一次次用手揩着眼角的雨。看女儿轻松地打着伞走进校门，我的嘴角会浮起一抹释然的微笑。

在雨中，身体会因寒冷而瑟缩，双眼会因雨水打湿而模糊，心却始终如一地和煦而坚毅。雨路有母亲同行，女儿不孤单。母爱是一把最美的伞，她让有风有雨雷电交加的日子，依然晴和温暖。

编好自己的人生剧本

看丁立梅老师的陪考日记《等待绽放》，感动之余，不时在书上勾勾画画，女儿闲暇时，给她看，给她讲。大多时候，女儿笑笑，不置可否。今天，终于读完，到女儿房间，让她看今天勾画的一些句子，看书中插图——丁老师儿子"励志墙"上的纸片。

"你在坚持。做数学做到看见数字就头晕，做英语做到看见字母就想呕吐，但你仍然坚持着往下做，咬着牙做。"这是儿子距高考还剩一月零几天时丁老师在日记中记下的句子。我指着这句子问女儿："你有过头晕呕吐的感觉吗？"女儿笑着摇头："我又不是丁老师的儿子。"我也笑了，女儿是我家的苗苗，和丁老师家的潇潇一样，都是这个世界上，独一无二的风景。别人走的路，可以欣赏，可以借鉴，但是，不可以盲目地跟着人家去走。女儿摊开的作文材料，是爱因斯坦的名言："踩着别人脚步走路的人，永远不会留下自己的脚印。"我拿起女儿的笔将这句子记在纸片上。她见我记，不知从什么地方变出一个精致的小本子，封面上有两行小字："不是每一天都能这样快乐的，你找到你的快乐了吗？"她很快翻到小本子其中的一页，指着几行潇洒的字迹，"你要搞清楚自己人生的剧本——不是你父母的续集，不是你子女的前传，更不是你朋友的外篇。"她说："妈妈你看，这句子和爱因斯坦的名言是不是异曲同工？"

翻看女儿的小本，原来也不乏励志名言的，只是，女儿没把它们贴在墙上，而是记在了我所看不到的纸页上，或者心里。刚刚谈"励志墙"的问题，她指着淡雅清新的壁纸笑："妈，你那么爱整洁，舍得让我贴吗？"本子才翻了几页，女儿又变出一张缺了边角的作文卷递到我眼前："看啊，这是我的一篇考场作文，与这名言警句有关。知道这作文纸为什么这么破吗，是因为老师贴后面墙上当范文让全班同学'瞻仰'了好多天。"原来我女儿，也有辉煌的足迹，只是，我更多看到的是她这张稚嫩可爱的笑脸，忽视了她身后成长起来的足迹。

女儿的字，比我的漂亮，这是大家公认的。文题是《编好自己的人生剧本》，是一篇议论文。女儿读书多，旁征博引的功夫，我远远比不上。文章最后一段是这样的——拿破仑说：

"人活一世，不给世间留下一点痕迹，不如不出生。"所以，不要甘心成为你父母的续集、你子女的前传或你朋友的外篇，而应该去尝试编写属于自己的人生剧本，走自己的路，走出一路风景，让岁月动容，让世界惊艳！

原来小本子上那些密密麻麻的小字，不仅仅是女儿的励志语，还是取之不竭的作文素材。六月的高考，意味着女儿将走上一段崭新的人生旅途。女儿走出的风景，也会让世界惊艳吗？默默地期待着吧。

岁月里轮回的花

高考那两天，爱人请了假，专车接送女儿。那两个夜晚，他担心自己睡不着，影响女儿和我休息，便开车去了久无烟火的老房子。在潮湿闷热的旧屋里，没有互联网，不能看电视，他忍受着蚊虫的叮咬，久久难以入睡。忐忑、焦虑、紧张，更多的是默默的祝福。

将高考成绩单传给爱人的那一刻，他说："电脑桌面上有N次女儿测试的成绩，高考成绩是女儿大学前的最后一次成绩……"这话语中的"最后一次"，像切菜时入眼的辣椒汁，让双眼胀痛而模糊。

女儿进入高中，频繁的考试如家常便饭，学习任务更加繁重。老师常把全年级的成绩单发到我邮箱里，每每收到，我会传给在几十里外工作的爱人。我和爱人电脑桌面的文件夹里，便有了许多次女儿测试的成绩。每一份成绩单，我们都小心翼翼地打开，寻到女儿的名字，深情凝视与她有关的那一串数字，因为每一份成绩单，都凝聚着她的智慧与汗水。通往高考的日子，女儿辛苦迎战在应试教育的风口浪尖。在她身后，我们分享她的快乐，分担她的苦忧。

比起成绩，更关注她的健康，想方设法让她保持一份快乐的心境，无怨无悔地为她付出。

我的手机闹铃，全是因她而设：5：15，为她准备早餐的铃声；5：35，唤她起床的铃声；13：00，催她午休的铃声；13：35，喊她上学的铃声；21：45，接她回家的铃声……四季变换，闹铃也随她学校的作息更改着。科学饮食、健康护眼、合理作息、高效学习、乐学心理，以及与此相关的图书报刊、电视节目、电脑网页，我们都关注过，学习过，让女儿实践过。一片彤云、一声惊雷、一阵飓风、几滴细雨，都如牵动爱人的风筝线一般，在最短时间内，将风筝一样的他，从几十里外拉回。风筝的线轴，在女儿这里。高考前的一个夜晚，风雨声响起，距女儿下晚自习还有半小时。在单位加班的他打来电话，说他那风雨突起，问家里有没有变天。二十多分钟后，我刚要披雨衣出门去接女儿，他又打来电话，说马上就到校门口。从他单位到家中，晴空丽日下行车，也要三四十分钟，风雨骤起的黑夜，为给女儿一方晴空，要怀一颗怎样深爱的心，才可照亮危险疾行的路程？

……

高考前夜，读朋友的诗。他站在午夜的街灯下，最后一次，接下晚自习的女儿回家。相视的笑容，遮不住父亲的沧桑，相拥的幸福，屈指可数。

高考是女儿人生的一个终点，也是一个新的起点。成绩出来，首先面临的是填报志愿。短短四天期限，或许就决定了孩子的一生。报考指南、志愿填报攻略、招生计划、招生章程，一大摞关于报考的书，早已认真翻阅完，陪女儿一起上网查阅各种数据，了解学校和专业设置，比较，分析，逐渐确定并缩小范围，直到选中较为理想的学校，网上填报好又反复检查后，才长吁一口气。洗把脸，对着镜中憔悴的脸，才想起四天三夜竟没怎么合眼。接下来，又是短暂而漫长的等待，等待大学的录取通知。然后，是为她的大学生活做精心而周全的准备，再就是送她入学，日夜牵挂，考虑她未来的就业、恋爱、成家……

爱人话语中的"最后一次"，朋友诗中的"最后一次"，只是意味着，又一朵关爱的花结了果儿，又有一朵崭新的花，蕴育着、成长着，即将在某一个落雨的清晨，或飘雪的深夜，璨然绽放。千里之外的大学校园里，儿女们心中，依然会盈满爱的花香。

父母的爱，如岁月里轮回的花朵，饱蕴着亲情的温暖，含苞，盛放，结果……那一颗颗成熟起来的果儿，滋养着孩子们健康成长，圆梦四方。常开常新的花，散着浓郁的爱之芬芳，让孩子们的每一寸光阴，都沐到明媚温暖的幸福阳光。

学会生活的
艺术

春节前后，正是全国各地高考艺术测试的高峰期。节前，去美术培训学校看一个孩子。驱车赶到校门口，孩子已在那里等了许久。单薄的女孩儿，瑟瑟地站在腊月的北风中，上身的毛衣外面，只罩了一件轻薄的运动衣。褶皱的衣服失了鲜亮的颜色，久未清洗整理的样子。来培训中心几月，孩子本来圆润的脸，也失了水气和光泽。

问孩子冷不冷，为什么穿这么少，孩子笑着答："不冷才怪呢，可是画画方便，穿个羽绒服多笨啊！"拉住孩子的小手，她的手也是冰凉干涩的，长长的僵冷的指甲。将这双缺少呵护的小手抬到胸前，看着她一脸无奈的笑容，怜惜的心也瑟瑟地，如风中的一片叶，在颤抖。

下了车，随孩子往校园里走。丛丛荒草点缀着的褪色的楼阁，就是学生们日夜学画练画的教室。宿舍是几排古旧低矮的平房。穿过芜杂的院子，走进女生宿舍，眼底心间瞬时被塞满。几条被子凌乱地堆在床铺上，被罩和床单都和女孩儿的运动衣一样，失了鲜亮之色，褶皱叠加。枕头与被褥上，横躺竖卧着孩子们的书本和衣物。桌上地上，食品用具、生活垃圾混杂在一起，挤得宿舍内几乎没了落脚之地……

　　这个高三的女孩子，画艺很高。半年前，在父母身边，有亲人呵护着，洁净、清雅、肤色润泽，仅仅离家学画半年，就生活得一塌糊涂。以美的艺术作为人生追求的孩子们，即将跨进大学的校门，却不谙基本的生活之道。

　　寒假，大学生们放假在家。离家半年，为父母者自是日夜盼归。归来的孩子，却不是高中时的模样，晚上不睡，看电视，发短信，上网游戏，夜半更深仍无半点睡意；早晨赖床，千呼万唤不肯离开温暖的被窝，直至日头南转时光近午才懒洋洋地起来。不会做饭，不会洗衣，身材高过父母，却仍是依靠父母呵护的小孩子。女儿谈及她的重点大学生活说，不用做饭，不用洗碗，洗衣有机器，学校极少查宿舍卫生，校园卫生有清洁工，学习压力大，晚上学到一两点是常有的事，神马都是浮云，成绩才是王道。假日的早晨，我和许多大学生的父母一样，站在孩子的床前，千呼万唤之后，又是爱，又是怜，又是叹。

　　正月里，去亲戚家吃饭。老夫妇在厨房里忙碌，小夫妻早已外出游玩儿。亲戚的家中，温馨整洁，一尘不染。餐桌上待客的饭菜，色香味俱佳，可与酒店媲美。问起持家之道，老夫妇怨："小夫妻贪玩儿，懒于做家务，都是我们老两口干，能动则动，将来动不了，就进养老院……"

放眼生活的四周，更小的孩子们，温室里的小花一般，被父辈祖辈悉心呵护着，怀里抱着，掌心捧着，心里惦着，怕摔怕碰，怕累怕闷，家里陪着，路上伴着，小小年纪就背上学习的重壳，在父母成龙成凤的憧憬中褪化了生活的羽翼，在生活的广阔天地里，成为笼中鸟，井底蛙，纸上兵，画中鹤……

我们的孩子，大多是独生子女，因为过分的娇宠和呵护，因为家长、学校、社会对知识学历的过高期待，孩子刚刚咿呀学语，就被迫"享受"智育的启蒙。孩子渐长，学习的枷锁越来越重。然而，一个人，除了相伴终生的知识学习，还须经历许多东西，学会生活，才更懂得珍惜，幸福的滋味，才更绵长浓郁。学画、学琴、学歌舞、学知识的同时，他们也需粗通生活的艺术，洗净衣物，扮靓房间，爱上烹饪，健康作息，与自然为友，与这世界和谐相处……

父亲的模拟返航

"女儿和你联系了吗？她有一小时没回音了，真急人！我刚给她充了一百块电话费，也提前嘱咐她充满电了，不可能是断电欠费。"爱人的声音，和电话铃声一样急。

上午，他不停地发着短信，向我汇报女儿的行程："宝贝儿从学校出发了。""人家透过车窗看风景呢！""闺女已到平乐古镇。""她们已入住临江楼客栈。"……

中午，女儿才一小时没回短信，他就沉不住气了。我嗔怪："总得给人家点儿自由的空间，你这风筝线牵得太紧了吧！"他叹口气："女儿第一次独自和同学出游，我能不担心吗？"

半小时后，爱人的短信又陆续发过来："她们吃过午饭，在河边戏水呢！""宝贝看到很多竹子，很多竹笋。""花楸、金华佛山、王家大院——女儿明天要去的地方。"我的心，也随他的短信，飞到女儿出游的路上。

清明假日，是外出踏青的好光景。女儿在两千里外的成都读大学，放假前一周，就将踏青计划告知我们。她要和女同学结伴出游，目的地是平乐古镇，住店一夜，往返两天。平乐古镇，以前我们闻所未闻。爱人动用现代化手段，上网搜，电话问，终于验证了那里是个可以平安游赏的好去处。一周之后，平乐的自然风光、民俗风情、文化意蕴，他都已烂熟于心：四面环山，竹树环合，花美水清，古径通幽，可以放逐身心，返璞归真……最重要的是，几天时间，他已将女儿的往返路程，在心里，在言谈话语中，模拟了许多遍。

只要女儿还在出游的路上，在几十里外加班的他，就还会不停地和女儿短信往来，直到女儿安全返回大学校园的温馨港湾。

女儿离开家，做父亲的，和母亲有着一样的牵挂和担忧。寒假前的那个夜晚，北风呼啸。冷清的街上，他慢慢地开着车，注视前路的目光，不时移到导航仪的画面上。导航仪不时发出的提示音，清晰地脆响在车内。一次次出发，一次次返回。有着父亲称号的爱人，作为一个驾车新手，心无杂念地执著于腊月的街头。读大一的女儿即将放寒假，他早已为她预订成都至北京的机票。首都机场距我们的小城有两百多里，女儿想大箱小包地往家带，不愿挤火车，希望爸爸开车去接。他便像接受了神圣使命一般，到一家电脑公司花高价买来最先进的导航

仪，安在车里，摆弄许久，却不会用。于是一次次将车泊在
电脑公司门外，缠着店内的小伙子，一遍遍地询问。他终于弄
清了导航仪每一个操作的细节，却又怕导航失灵，迷失在北京
盘根错节的路上。于是，夜渐深时，车来车往的小城归于沉寂，
他便载我到清寂的街头，随意在一个地方停下，用导航仪设好
起点和目的地，便发动汽车，随着导航画面和声音的指引，到
预设的目的地，再原路返回。那一晚，起点和目的地换了几次，
汽车转遍了小城的大街小巷，都顺利返回出发点。他终于长舒
一口气，转弯回家。

　　几天后，我们顺利抵达机场，等到女儿。返程中，女儿一
路惊呼："我又看到北方的大太阳了！""落叶的树才像冬天的
树！"……驾驶座上，凝神于前路和导航仪的父亲，欢乐而随
意地应和着。这个有着父亲称号的新司机，第一次开车进京，
在纷繁错杂的路上，没有绕远，没有迷失，顺利返航，将女儿
载回家的港湾。

　　再往前追溯，高考前几月，苦练十年钢琴的女儿，参加了
清华和南开等几所重点院校的特长生测试。结果出来，亮起的
却全是红灯。全国范围内万里挑一的选拔，这样的结果本在意
料之中。女儿却承受不住打击，自信的笑容随伤心的泪滴滑
落，本来优异的成绩也滑落到谷底。貌似粗心的父亲，在女儿
面前强装笑颜，暗地里却默默地急。他反复地念着："如何卸
去宝贝心头的石头呢？咱得想办法让她找回轻松和快乐……"

那段日子，他和我一起，上网搜励志文字，求助班主任和科任老师，陪女儿散步谈心。女儿脸上重新绽开阳光的笑容之前，他想方设法的过程中，也模拟过许多遍，女儿穿过挫折的激流，重返乐观向上蕴蓄成功的港湾。

十八年前，他送我和腹中的女儿住进医院。他伴在床前，悄声说："我梦见过许多次了，女儿生下来，健康平安，我们抱着她回家。回家的汽车和司机我早就找好了……"还是准父亲的他，在梦中，就开始一次次返航的模拟了。

千家万户的父亲，都如我家的这个父亲吧？在呵护成长的过程中，为了孩子在路途上、身体上、学业上、心灵上能一次次成功地抵达，一次次顺利返回平安的、健康的、向上的、温情四溢的港湾，他们一定都有过无数次模拟返航。亲爱的孩子们，回家时，数一数父亲多出的白发吧！每一根，都见证着深情与无私的记忆。

逆风的温暖

　　冬日的街头，北风劲吹。路遇朋友的父亲，孤独地骑着电动三轮，以极缓的速度，逆风前行。枯叶打着旋，扑向这位离休的老军人。如潮的车流，在老人身边穿梭而过。虽然老人面色红润，气定神闲，车骑得小心安稳，可还是暗暗埋怨朋友：这么恶劣的天气，即使再忙，也不能让八十多岁的老父亲一个人出门啊！

　　我问老人去哪里。老人慢慢停下车，挺直身板，满脸的深沟浅壑里，全漾着微笑和慈祥："去医院拿点药，顺便买点肉馅回去，儿子媳妇都爱吃饺子。"我对朋友的不满，更深了一层：颤巍巍的老父亲多么爱他！和父亲同住一栋楼内，怎么忍心让老人家独自顶风而行！我要求陪同老人去拿药买肉馅，老人坚决地摇头："我身体还算硬朗，自己还动得了。"我看着老人缓缓地骑上车继续逆风慢行，心中越发不是滋味。

我顺风前行几十米，迎面又碰上朋友。他逆风骑着电动自行车，正向前张望着什么。他见到马路对面的我，热情地打招呼，我的话语却有些冷淡："刚刚遇到你父亲，老人家一个人顶着风去拿药买肉馅了。""我爸不是一个人，你以为我顶着风看风景啊？"他指指前面，老人就在我们的视野里。朋友自豪地说："你知道我爸为什么身体这么硬朗吗？就因为他爱活动，不服老，什么事情都争着抢着亲自去做，还整天惦记我们。我既要尊重他的想法，让他觉得自己还大有用处，又要考虑他的安全，所以，许多时候我得像今天这样，偷偷地在后面跟着。我小的时候，独自出门去上学或者买东西，偶尔回头望，就会看到偷偷跟踪的父亲。如今，轮到我跟踪他了。"

朋友说，父亲出门，很少是给自己办事，更多的时候是为了他和妻女。父亲还想像年轻时一样照顾他们，每每买回一捆大葱，几棵白菜，送到儿子门内，都像打了胜仗一般，开心得很。说到这里，朋友再望望前面，树上的几片残叶被风卷下来，扑向他的脸。他赶紧和我道别："我爸快拐弯了，我得马上追了。"我望着他逆风远去的背影，心中热流涌动。

几十年前，应该是阳光暖暖、和风吹送的春日，一个渴望独立的小男孩，背着大书包，在人行道上走。男孩儿不孤独，因为后面，有一位高大魁梧的父亲，不紧不慢地跟踪呵护。如今，这萧瑟的冬天，逆风而行的老人，年高却健朗，苍桑却幸福。独行的老人也并不孤单，长大的儿子，正逆着曾经和现在的爱之河流，逆风跟踪他的父亲。冬日的街头，因为有这样的父子，寒风落叶中，也不乏春日的温暖和生机。

第五辑

凡人的七夕

七夕的内涵，是执子之手，相濡以沫；七夕的希望，是与尔偕老，永不分离。

锁在围城里的幸福

去年冬日一个周一晚上十点多钟，在几百里外进修的他突然音调异常地打电话给我，说一个多小时内给她拨了几十次电话，手机关机，座机无法接通，QQ上找她，她不在线。让我赶快去她家看看。我迅速来到一楼敲开了她家的防盗门。原来，她手机关机，座机恰恰出了故障，因为忙家务没时间上QQ。她赶快打开电脑和他联系。我向她告辞，她羞怯地解释："我生来胆小，他就每天晚上往家里座机上打电话，手机到晚上垃圾短信多，我常关机。彼此都不忙的时候我们就在网上聊天。"

第二天早晨出去买菜，走到一楼，她家的防盗门开了，出来的竟然是他！我有些惊愕，满面倦容的他憨笑着："昨晚在网上和她聊了一会儿我不放心，半夜赶了回来。""又要走吗？""我去买锁，上午请了假。"我莫名其妙地看着他匆匆骑车出去。买菜回到楼下，他也正要进楼门，手中拎着几串黑色的铁链，每条铁链上挂着一把大锁。"买这么多链锁做什么？""锁阳台南侧的防盗门。她上班去了，姐，你要是不忙就进来待会儿，帮我看锁在哪儿更安全些。"我跟他进门到了南阳台。他家卧室和南北阳台的窗子都安着结实的防护栏，看上去坚不可摧。他打开通向小院的塑钢门，外面还有一道插着的铁门，因为怕挡光铁门上部是密密的铁栏杆。"昨晚和她在QQ上聊，她说夜里偶尔听到这门发出响声害怕得很，我觉得门上这道暗锁可能不安全，所以连夜赶回家。"他慢慢把那几串铁链穿在铁门栅栏的不同位置和防盗窗上，分别上锁。

　　他动作笨笨的样子，让我想到自己老公许多类似的行动，觉得寒冷的冬日原来暖暖的。那个瞬间突然就感受到了，顶天立地的男人们用真爱的铁链为女人们锁在围城里的那份安全与幸福。只是女人们，是否每一个都知道珍惜？

与爱有关的『逃离』

　　恋爱时，随他到遥远的景区游玩。他流连于自然的山水韵致，她更青睐那些绚丽缤纷的纪念品。一次次拉他在小摊小店前驻足，敏感的心看到他的犹豫和迟疑，她喜欢的满目琳琅，他似乎并不欣赏。怕他的宠会随时间的流逝变成打折的商品，于是故意拖延时间，更久地在那些珠翠彩饰间流连。看不透他的心思，便想着给他出道"测试题"。

　　终于看到他的不耐烦，趁他不注意悄悄地"逃离"。独自走开却不敢走远，担心他"追"不到。不回他的短信，不接他的电话，踌躇地避着又追着他的影子徘徊。路上有树有花，有翩然成双的蝴蝶。良辰美景中，形单影只的女孩儿，感受不到明媚的阳光，内心只剩忧虑和怅惘，担心他给不出满意的答案。直到玩累，她又回原地等，"测试"还没结束，满眼泪珠已潜然落下，因为害怕失去。她终于跑回他身边，看着他汗湿的衣衫、焦急的神色、红肿的眼圈，阳光瞬时透进心底。他拥她入怀，掏了手帕擦她的脸，她使劲抽着鼻子，夸张地炫示自己的委屈。

那次"逃离"后，无论逛街还是远游，只要她驻足，他便爱屋及乌地微笑着陪她品评指点。恋爱期间一次次"逃离"的结果，她都会在他面前摆出胜利者的姿态。

白驹过隙，多愁善感的女孩儿终成他的新娘。仍然会离开。或许只是因为一次不屑提起的小争执，便蹙了眉，撅起嘴，怨声怨气地扬言远走。若他未有服输的表现，就真的摔门而去，"逃离"的声音足以从他的耳朵响到心里。路灯下，人影阑珊，她换了一种优雅的步子，走走停停，只为等一个人。几次回头之后，确定他已跟上来，才装作义无反顾地加快节奏。被他拦腰抱住，几番挣扎，才肯静静听他说话。等他把所有的责任都扛到自己肩上，听够他温柔的忏悔和诚挚的保证，才乖乖被他牵了手抚着肩，与他成为街头一对甜蜜情侣，相偎相依着回家。夜阑人静，他还在厨房忙碌，只有他清楚，她没吃晚饭。

初婚时的一次次"逃离"，让他渐渐失了致她伤痛的棱角。

她现在想来，一路走来的每一次离开，都只是为了做一道证明题，让最亲的人，将最深最真的情感，示给她看。每次离开，她都如一只美丽的风筝，做一次短暂的飞行，便带了满足和惬意,还故作不情愿地随了线被收回。牵着风筝的线足够长,足够结实。那长长远远的线,唤作爱。一次次"逃离",都与爱有关,与幸福相连。

终于有一天,读懂了他微笑的眼角那几道细碎的皱纹,看清了他在烟火日子中渐渐粗糙的双手。于是,她学会理解和宽容,学会呵护和关爱,放弃任性,无怨无悔地守在他身边,不再逃离。

写真集里的爱与疏离

　　她电脑桌面上的写真集，几百张图片，旖旎的背景，或绿、或白，或绚丽缤纷，从北方的草原、雪野、秦皇岛外的碧海青天，到南国的苏堤、滇池、周庄古镇的小桥流水，幻放的是同一个女子。图片按时间排了序，四季轮回，青春的靓丽由单薄羞赧渐趋丰盈妩媚，或立或坐，或卧或倚，或轻吟浅笑，或凝思蹙眉，这女子一路走来，全掩不住幸福的姿态神气。

　　时间在图片里断了一年。那年之前，她在个人写真里只看到完美的自己，忽视了图片之外的那个人。那个人，穿粗衣布鞋，食凡俗烟火，宽和敦厚、无微不至地伴在身边，像黯淡的星烘托皎洁的月，像贞洁的树静候活泼的风。假日，酷爱旅游的她一声理直气壮的要求，他便打点并背起两个人的行囊，挎了相机，保镖似的随她奔向远方的名山胜水。一叶一花，一石一鸟，一浪一鱼，都能让她流连沉醉。他总能捉住那些顾盼忘返的瞬间，胜景与佳人，相互映衬，组成绝妙的图画。

她常常放映着图片自我欣赏，顾影自怜。直至在网上邂逅另一个心仪的男子：才思如流，不失俏皮诙谐，玉树临风，英俊的眉眼透着刚毅。当他赞着她文字中的灵慧索要照片时，她鼠标轻点，写真集里的天生丽质就春梦一样地飞离。那个瞬间，身边人泡了养颜的清茶向她走来，她正用心啜饮对话框里敲送过来的咖啡和玫瑰的香气。

她借口出差赴了心仪男子的约。正是桃花芳菲时。她习惯地在美景前摆出幸福妩媚的姿势，男子拿相机的手有些迟疑。在男子躲闪的目光中，想起身边的那个人。游山玩水时为她拍照，他总笑背了他们的衣物饮食含情脉脉地凝视，像是摄下一件弥足珍贵的藏品。各自回归，她在网络上偷偷问询桃花前的写真，男子轻描淡写地答不小心误删。突然意识到男子是有妻的，相机里人面桃花的记忆，怎能不在细腻如水的妻子心里投下猜疑怨怼的阴影？倩影误删，是轻易即可洞穿的谎言。

她的心，终于回归身边的那个人。一年的疏离，没有要他陪游，没有留下幸福的写真。才知道，个人写真里的自己并非一个人，纤弱怯懦却敢在长城顶上冒充女英雄，是因另一个人挥汗如雨地背扶提携；怕风怕浪却敢独立艄头中流击水，是因另一个人在镜头外与她近在咫尺，随时准备揽她入怀……个人写真的那些美丽瞬间能够留存成永恒，全是因为镜头外的那份关切与疼爱。一个人的写真，原是两个人的真爱。

细节支起伞

　　那天，因为心情不好，她再也无法忍受老公丢三落四的毛病，和他大吵了一架逃回父母家里，准备冷落他几天。

　　晚上刚上床时，她习惯地仰卧着，心烦意乱，却不由自主想到一样熟悉的东西。日子的细节如潮水般侵袭了她的心。

　　她怀孕五个月的时候，突然感到头晕心悸，疲乏无力。到医院一查，是妊娠带来的高血压。她的父亲和爷爷都是高血压患者，医生说有可能是家族遗传的慢性病，她有些担心。最着急的是他，除了定期带她到医院检查，还要按医嘱细心照料她的饮食起居。

　　她不愿天天到医院量血压，他的心常常悬着。于是他买来台式血压计和听诊器。他问过大夫，带水银柱的台式血压计量得最准。可学会测血压成了难题。他们居住的小区门外有个诊所，里面有位老大夫。晚饭后他就带她走进去，很恭敬地求老人为她量血压，然后请教量血压的方法要领。从诊所回到家，他就让她平躺在床上，放好血压计，把压脉带绑在她臂上，小心地握着气囊充气。最后他戴上听诊器，放气的同时屏息静听。整个过程进行完，用了近半小时。他粗手笨脚的，实在是个蹩脚的医师。连续一周，他每晚带她去诊所量血压，回家后再亲自给她量，以对照自己量得是否准确。

他很快就能准确熟练地给她测血压了。后来六年如一日，每天晚上他都坚持给她量。老公虽是个粗心的人，量血压的事却从没忘记过。从他摘下听诊器时的神情她能了解自己血压的高低。皱起眉，那是为她忧虑；绽开笑，那是因她安心。他买了许多本家庭保健书刊，看与高血压有关的知识，带她运动，陪她吃素菜，给她服副作用最小的降压药……

她会在他为自己测血压的过程中感觉自己激动的心跳，眼里回馈的，是爱的火花。

由血压计，她又想到许多另外的细节，甜甜蜜蜜的往昔，都与他有关。心中逐渐暖起来，吵架时的怨气烟消云散。

有人敲门。他沉默无声地走进来，手里拎着个纸袋子。她的心提到嗓子眼儿，真害怕袋子里装着一纸离婚起诉书，他会拿出来让她签字。

他从袋子里掏出两样东西——是一直伴随在她床头的血压计和听诊器。

他温柔地扶她平躺到床上，在他熟练的动作中，她又听到自己激动的心跳，她的眼里又有了火花。量完血压，他伏在床头低语："你得给我揉揉肩，明天回去，我要吃你做的过桥米线。"他从昆明来到北方，不习惯北方寒冷干燥的气候，工作累时常肩酸背痛，而且吃不惯北方的饭菜。每天入睡前，她坚持给他揉肩捶背，而且学会了做滇菜，她最拿手的一招，就是做他最爱吃的过桥米线。

她突然觉得很感动，感动于他们之间那些枝枝末末的细节。柴米油盐的世俗婚姻中免不了磕磕绊绊吵吵闹闹，而那无数个真爱的轻盈瞬间，足以支起一把温馨清凉的伞，将暂时的风雨和暴烈的阳光，挡在二人世界之外。

爱没有失效期

健康的山似乎瞬间倒塌。胸闷气短，粗重地喘息，婚后不久，她患上难治的过敏性哮喘。

夜里发病，痛苦得难以入眠。老公爱怜地把她搂在怀里，灯下，她的泪眼模糊，他的泪光在闪。

他带她跑遍所在小城的每个角落，寻遍小城所有可能治好哮喘的方子，试遍所有润肺补气的食谱……然而她的病，却始终不见好转。

他带她来到千里之外的北京，住进协和医院附近的旅馆。凌晨两点，她还在梦中，他就悄悄起身去医院排队。天亮了，眼里布满血丝的他花高价挂到专家号，微笑着回来接她去就诊。检查完毕，一剂方子上只开了两瓶气雾剂，专家说坚持用药一两年她的病就能痊愈。

　　回到家，他天天盯着她喷药，天天给她准备好漱口的温水。两瓶药快用完时到北京复查，她的病真的好了。大夫又开了两瓶气雾剂让她巩固疗效。

　　复原的她懒得继续喷药，因为听说那药剂含激素，用久会发胖。他却日日监督："只要你不被疾病缠着，胖成杨玉环我更喜欢。"

　　最后一瓶药快空时，也接近失效期。他要再去北京给她开药。她撒娇阻拦："你看我活蹦乱跳的，哪用得着再买药？"他却固执地坚持："药用不着就让它失效，但我决不让病痛再折磨你。"正值春运高峰，往返两千里，他回到家倒头便睡，梦里梦外都挂着胜利的微笑。她后来才知，那次去北京，他一直站在火车厢的过道上。

　　那次开回的药一直没被打开。她早已恢复健康，在他呵护下快乐美丽得像个天使。

　　一晃几年过去。这个冬日，天气奇寒。一天深夜，她的气息突然粗重起来，痛苦得近乎窒息。病愈后再没动过放着气雾剂的抽屉，药的保质期是两年，那年春节他买回的两瓶早已失效。

　　他被她的呻吟声惊醒，马上起身翻出一瓶气雾剂。她无力地摇头："已经失效了，没用的……"他让她看生产日期，居然是新生产的！因为用药及时，虽是旧病复发，但痛苦仅持续了近一小时。

打开放气雾剂的抽屉，里面居然有七八瓶过期的失效药。原来，他一直记得能解除她痛苦的良药，旧的两瓶即将失效，他又偷偷往返两千里买来新的预备着。而认为自己不必再用药的她，竟没有注意他一次次为爱远行。

她终于坚信：对于疾病和痛苦而言，流逝的岁月虽能让良药变质，真爱却永远没有失效期。

爱一直留在家里

　　他们的家在城市边缘一个小区。她在本城医院做护士，他的单位距家几百里。他们是对聚少离多的周末夫妻。有时候，他周末忙，只能回家住一晚，而她恰巧上夜班，两个人就像太阳和月亮，连面都难见。即使这样，刚结婚那几年，她仍觉得格外幸福。时光荏苒，婚姻已走过十年。幸福的滋味说淡就淡了，虽然日子一如既往，虽然他们不吵不闹，她却有了爱情断电的预感。

　　她又遇情绪的低谷。形单影只背着夕阳回家，看到双双对对的年轻夫妻，她加快脚步，逃兵似的跑回家。曾经，他不在时，家里也是温馨的，他的衣，他的物，他带回的小礼物……家里的每样东西都承载着他的爱，折射着他阳光笑容般的暖。可是那天，她感到家里空荡冷寂，连饭都懒得吃，八点了，还闷坐在沙发上，拿着电视遥控器不停地换频道。

家里突然陷入一片黑暗，所有电器的声音都停了下来，她只能听到自己细微的呼吸。她缓缓地移到窗前，对面楼上家家灯火通明。她又走到阳台上，同楼的窗子也是亮的，断电的只她一家。以前，这样的情况从没出现过。磁卡没电了吗？她从来没买过，每次都是他提前买好，要是真的电量不足，这么晚到哪里去买？她走到楼道里看磁卡表，没有亮起红灯。她这才记起，他上周末回家才买了电。真的见鬼了！莫名其妙跟着一股怨和恼。一个女人在家，找人帮忙都不方便——朋友们住得远，邻居们都不太熟悉，何况又这么晚了。

她磕磕绊绊摸到书房，从写字桌抽屉里摸手电。手电的光线照到抽屉里，两根蜡烛安静地躺在显眼处，旁边紧挨着打火机。蜡烛是刚结婚时他就准备下的，只是一直没机会用。拿出蜡烛的同时，抽屉里那个红盒子触动了她的心。她点燃蜡烛，轻轻打开盒子。里面是一张张便条，便条上是他熟悉的字迹，每张上面都有日期，按日期的先后，从下到上随意地摞在一起。婚后，他离家时，若是她不在，他总会留张便条和她道别，并提醒她一些事情。刚开始时，她觉得新鲜，总是认真看，也常常感动。后来见得多了她也就不在意了，反正手机网络方便得很。可他却习惯成自然，依然坚持留字给她，一成不变地把便条放在写字台上。

有了电脑，她很少再坐到写字台前，所以有时不会及时发现他的条子，只在收拾家时才把条子收进抽屉，看也不看一眼。居然已装了满满一盒子，她自己都惊讶。那上面都写了些什么？怎么记不起来呢？她拿起最上面的字条，在烛光下看："亲爱的，刚买回五百元的电，卡已插过，放心。楼下邻居家的保险丝断了，我帮忙去修了下。若是咱家保险丝出问题，去找对门的兄弟，他在工厂做电工，也是个热心人。"对门住了这么久，只知对门兄弟在工厂上班，竟不知是电工。倒是不常在家的他了解得更清楚。她暂放下那些字条，怯怯地去敲对面的门。对门兄弟问清原委，很热情地拿了工具来帮忙。真的是断了保险丝，仅仅三分钟，她家的灯就亮了。她道谢，对门憨笑："你家大哥早提前谢过了，说是他不在家难免要我帮忙。"

那天晚上，她回到写字台前，扭亮台灯，一张一张看盒子里的便条。她爱吃零食爱喝酸奶，他走前买好告诉她放在哪里；她感冒了，他嘱咐她要准时吃药注意休息；小区里有人家失窃，他提醒她锁紧门窗，安慰她别害怕，说他会 24 小时为她开机……翻着翻着，她的眼睛就湿润了。原来这些看似随意的便条，一张一张，月月年年，浓缩了他那么多的不舍和关切。他虽然离家在外，爱却一直留在家里。

她还以为，婚姻生活渐趋平淡，爱情断电无可救药，却原来，这些字条，都是爱情的保险丝。只要线路没问题，只要电量充足，偶尔断根保险丝，接上它不费吹灰之力。一句温柔的话语，一个关切的眼神，一个细微的动作，一件不起眼的物品，都可以成为爱情的保险丝。只是，千万小心，不要轻易弄丢它。

爱需提醒

新婚那年生日的清晨，她看着另一半空空的床，心中有些失落，又充满期待。他在单位加班，一夜没有回来。可他应该知道她的生日，恋爱时就问过几次，蜜月里还计划着生日时给她意外的惊喜。

中午，他还没回来。她想，他是准备陪自己欢度生日晚宴了。尽管他有些粗心，但记忆中的丝丝缕缕却盈满他的真爱。整个下午，她憧憬着他为自己庆祝生日的情景。

她准备了丰盛的饭菜等他回家。手机响了，他打来电话："工作还没忙完，今晚不回家吃饭，别等我。"原来他根本没想起她的生日！望着满满一桌饭菜，一股凉意从心底涌进眼睛，冰冷的泪瞬间滑落。他深夜才回家，草草洗漱后便呼呼大睡。

第二年，第三年，她的生日，都因他的忙碌和粗心被忽略了。

明天又是她的生日。或许他又会忘掉，虽然他早就在日历上做了明显的标记。这一次，不如提醒他吧。她开始编辑短信："亲爱的，明天是什么日子？"短信发出，很快收到回复："宝贝儿，感谢你的提醒！今年我不会再惭愧，也不用再补偿，终于可以在你的生日里为你祝福了。"她轻松地笑了。

她并不是个矫情的女人，也并非一定要他在意自己的生日。只是因为，错过对她的祝福，他会伤心地自责，惭愧地致歉，并买回玫瑰、蛋糕、衣裙等作为迟到的礼物，还要带她吃盛宴，陪她外出游玩。而且，他的愧意逐年加深，他的补偿也越发厚重。在他的愧疚和补偿中，她感受到这个男人对她的真爱，快乐着幸福着也心疼着。于是他的生日，都被细腻温柔的她过成了洋溢着浓情爱意的节日。

她渐渐明白，有些爱虽然迟到，却是爱人心底最浓醇的酒，因了那份真挚的愧意和深情的补偿而历久弥香。对于酿制爱之酒的那颗心而言，在最佳时机把酒倾出去，才是最惬意最幸福的事。提醒爱，爱更香，情更浓。

温热心灵的米线

　　办公室的帅哥常讲究自己如何变着花样给爱人做美食。每每听他眉飞色舞侃个不停，她的心就仿佛落入深深的冰窖，纤秀的肢体都感觉寒意重重。

　　小夫妻日日相依，夜夜缱绻，老公天天下厨做美食，她连做梦都想拥有这样的生活。可老公工作地点与她远隔千里，别时容易见时难，每月只有两三天待在家里。他的厨艺，更是不值一提，婚后一年，只学会一招儿，在家时偶尔下厨，他总是老调重弹。

　　生日那天，早晨和中午，她形单影只吃着自己做的饭菜，平添了几分伤感。天近黄昏，马上就到做晚饭的时间。

　　开锁的声音突然响起，他一身倦意地推门进来，手中晃着一大束鲜红的玫瑰："宝贝儿，我是特意赶回给你做生日晚餐的。"

采购，洗菜切菜，点火烹煮，他忙碌的各种声音她都已熟悉，她猜出了，他所说的生日晚餐又是过桥米线。炸辣子时一股浓烈的滋味早已窜进客厅，呛入她的鼻子和嘴。

他拉她走进餐厅，桌上有两大碗冒着热气的米线，花花绿绿的辅料，点缀着一层黄色的鸡油。几个焦红的小辣椒在碗里格外显眼。关于老公下厨做美食的梦想，一次次破灭在眼前热气蒸腾辣味十足的米线里。辣味呛着她的气管，委屈的泪从眼里涌出来。老公莫名其妙，惊慌失措地站到她身旁，心疼地抚着她的脸："亲爱的，别哭，我讲个故事给你听。"

"滇南的蒙自县城外有个南湖，湖心岛上清幽宁静。有个书生到湖心岛上读书备考，因埋头用功常忘记吃妻子送的饭菜，想起吃时饭菜已凉。妻子十分心疼，做出鸡汤米线放入罐里很长时间仍然温热不凉，且味道鲜美，书生非常爱吃。书生金榜题名不忘妻子的米线，因妻子过去送米线要过曲桥，便把她常做的米线称为过桥米线……"

故事讲完，他愧疚地注视着她："因为距离，我不能常在家里陪你，不能常做美食给你吃，但希望你像书生一样，记住我的过桥米线。"

第一次听到过桥米线的来历，再听到老公带着愧意的话语，委屈的泪珠化作幸福的雨滴。

她抹去脸上的泪，仰头想看他的眼睛，这才注意他的额头有一块凝血的青紫，右颊不知被什么擦破了一块皮。他的眼里布满血丝。"你受伤了！怎么回事？"她有些急。"为了陪你过生日，昨天加夜班，今天赶火车时路上被一辆出租轻轻'吻'倒在地。千里过桥送米线，总得付出点代价嘛。"他轻描淡写地调侃。

老公手中的筷子指一下碗中的米线，温柔关切地凝视着她，又一次重复那个简单的问题："宝贝儿，喜欢吃吗？""你做的，当然喜欢。"她破涕为笑，重复着那个既定的答案。

一年了，他每次从千里外赶回，都不厌其烦地做他的米线，重复他的问题要她的答案，他总信以为真，得意地认为她爱吃他的米线。

从小就喜欢甜食的她，一直没告诉老公，她最讨厌辣味，根本不习惯更不喜欢吃他的过桥米线。他第一次做米线给她吃，她说喜欢，是因为不会做饭的他虔诚地向母亲请教学习，想让她品尝他故乡昆明的特色食物。后来她说喜欢，是因为看到他爱吃，而且从千里外赶回给她做顿饭实在不易，有着爱屋及乌的心理，还颇有捧场感激的因素。而这一次说喜欢，是因为过桥米线里有爱的典故，鸡汤里面有老公的心——他做米线，不仅仅因为听到她说"爱吃"，他更希望自己像那个书生的妻子，用真爱温热她的心。

生日的那个瞬间，她突然领悟，红尘有爱，一碗米线，也可以成为生活的盛宴。

牵手共晨昏

　　早晨，天灰蒙蒙的，太阳躲在云里，空中没有一丝风。广场内一如往日，锻炼的人群花花绿绿，姿态万千，乐声笑声不断。漫步在婆娑的树影和如茵的绿草之间，年轻的心，享受着暂时的怡然。眼前就是那片草树环绕的空地。空地上的几把凉椅上，静静坐着几个老人。那对熟悉的身影没有来，可能因为天气不好的缘故。正想着，耳边传来"嚓……嚓……"的响声，两位老人从那棵高大的松树下慢慢转了出来。

　　发旧的白背心和灰短裤，光脚穿着一双脱鞋，老汉慢慢地，一步一步向后退着，步伐沉稳而坚定。他伸出的那双布满皱纹的有力的大手，温柔地握着面前老妇人的双手。老妇人大病初愈的样子，每走一步，身子就吃力地向左面倾斜一下。她的左脚着地时，左腿竟没有一点力量，完全是靠了老汉的牵护才得以艰难地移动步子。"擦……擦……"那响声越来越近，很慢，却很有节奏，像一支古老的乐曲，让人听来为之心动。二老相对，默默无语，老汉汗津津的脸上写满关切和期待，老妇的面容平静而慈祥，没有一丝愁苦的神情。不知不觉，老汉已经退到草坪的边缘。慢慢地，慢慢地，两位老人调转方向，又顺着刚才的路线，向那棵高大的松树移去。

接连几天，当晨曦微露和夕阳西下之时，走近这片空地，便能看到这对老人的身影。天气预报，今日有雨。此时的天，已更加阴沉。突然，一阵带着腥味的风轻轻卷过树梢，草也跟着舞动起来。要下雨了，该回家了。可我的目光，依然随着脚步，追随两位迟暮的老人，心中，也开始了阵阵不安。

这时候，老人又转到那棵松树的后面，我慢慢跟过去，两位老人已坐在凉椅上休息。老汉顾不得擦去额上细密的汗珠，侧着身子，轻轻揉搓老妇的左腿。他们挨坐的两个座位旁边，还有一个空座位，上面放着一瓶水，一把雨伞。那伞，让目光释然，让心灵感动。

走在回家的路上，天空中飘下零星的雨丝。回头遥望，视野朦胧中，出现了一把油纸伞。油纸伞下，是一对牵手的老人。他们共撑这把温馨的伞，走过风雨，走过晨昏。风雨中飘过一首曲子，一首动听的《夕阳红》……

爱
的
台
阶

　　女人和男人去登泰山。过了中天门，石阶陡入云际，两边山崖壁如斧削。仰头一看，女人有些心悸和眩晕。她只得低头盯住脚下的台阶，踩实一步，再挪另一步，如此向上，速度居然没慢下来。

　　倒是男人落在后面。女人暂停片刻，回转头。男人走在低她几个台阶的位置，曾经挺拔的身体，突显了一份松驰和臃肿，他紧张的脸正对着她，盯着她的眼睛缺少风情。众多游山男子中，他是黯淡少光彩的一个。想着，女人初见山花乍听鸣泉的惊喜冷却下来。她的心又陷入婚姻生活的漩涡：曾经憧憬的现世安好，渐渐沉淀成一潭波澜不惊的死水；女人眼里的男人，也处处变得蹩脚。他们的婚姻，似乎已到了山穷水尽的境地。

　　女人拉男人来登山，是想寻回几许浪漫求得些许慰藉和解脱的。

男人的大嗓门又开始喊了："别回头看，盯着脚底下，扶着铁栏杆！"他的声音，是紧张强硬的命令，似乎没有半丝温柔，这样的声音，听了许多年，她腻了。她实在累了，走走停停。他的声音又在身后响起："登不上去就算了，别装棒逞强。"她真要逞强给他看，一定要爬到山顶！她抱着这样的心理，一路艰难向上。

终于登上玉皇顶，她的嗓子眼却针刺似的疼，脚底也像踩着棉花。他跟上来，扶她坐到山顶的平坦石面上，从背包里掏出食品和水塞到她手里。

尽享了一览众山小的美感，他命令，下山吧，咱们坐缆车。她是想坐的，因为并不自信能走下去。但他说要坐，她就得拧着来。

两个人，又是一前一后下山。男人上山时似乎体力不支，下山时却跑到前面。他依然走在女人下面几个台阶的位置，每下几个台阶，就停住脚步，回转头向上看，他的脸，依然绷着紧张的弦。女人给男人一张木然的脸和一双冷眼。

女人往山下看，云雾弥漫中，山涧张着黑色的大口深不可测。她的心一颤，腿上残存的力气瞬间被抽光，整个人都要飘起来。身边的铁栏，正被别的游人紧握着。她踩着石阶的脚站立不稳，身子晃了一下。那一刻，正转头望她的男人，快如闪电般飞上两级台阶，双臂紧紧地钳住她。

　　她再也无力往下走。高大的男人把娇小的她背到背上，顺着陡立的石阶，一步一步，缓缓地挪下去……

　　她明白了，男人始终以低于她的姿态，用整个身心呵护她的平安。婚姻生活不是一马平川，爱，可以铺就最安全的台阶，转过山重水复，通向柳暗花明。

告别记忆的紫薇花

想不到，这期关于创作的访谈节目，她与他竟同作了特邀嘉宾。同在一座城，今日的再见，与锦绣华年的初相逢，却隔了六年。他亮而深的眼睛，藏不住久违的惊喜；她善感的心，也倏然涌满愉悦的浪花。

节目结束，他陪她走出楼门。来时匝地的阳光不知何时换作了雨声潺潺。她从包里掏出一把紫色的伞，轻轻撑开，高擎着靠近他。他仰头看伞，又低头看她身上的紫衣，说："你，还是最初的模样。"她闭着嘴，怕一开口，心里的甜会丝丝缕缕地消散。

她最初的模样，定格在六年前的夏天。那个落雨的黄昏，她穿一身紫裙，撑一把紫伞，陪同室女友到车站迎他。初相见，他亮而深的眼里含着兄长式的笑意和惊喜。他望她一会儿，说："定是你了，像枝秀气的紫薇花。"彼时，他在远方的大学读研，和女友恋爱。

他的信实在精彩，女友常拉她做听众，文采斐然的句子，透着灵动的哲思，如清风，似溪水。怀了深深的崇拜，写信给他。她的信，夹在女友给他的信中。很快，女友收到的信里，夹了给她的回信。他夸，未曾谋面的妹妹，竟是才华不凡的女子。反复读他热情洋溢的鼓励，梦里回味都会笑出声来。他几次夹带给她的，只几张薄笺而已，她却觉得，它们比她收到的所有信件都厚重得多。她痴狂地迷上诗文。终于，她的处女作长了翅膀，随一张报纸，飞向未曾谋面却渐渐熟悉的他。

在初见的雨中，他躲到女友伞下，把一本泰戈尔的《飞鸟集》，递到她手中。他和女友的短聚，也成了她的节日。吃他买的零食，听他谈文学讲故事，品味他送的诗集，成了最快乐的事。月色中他牵着女友去散步，她对着月亮胡思乱想：如果能和他共撑一把伞，如果被他牵了手，会是怎样的滋味呢？

毕业后，为了女友他回到小城，却说散就散了。女友说，他家里穷，也不够帅气。可这些，都不是她在意的！她心中五味杂陈，惋惜、惆怅，还有隐隐的期盼。随女友去过他的家，可她，终因羞怯不敢单独找他。他曾频繁地来她住处，与女友分手，终是不肯为她再来吧。青春的情愫化作轻烟薄雾似的愁，不知如何才能再见他？

不久，他托一个熟人找她。才知，他心中是有她的。心中揣几只不安分的小鹿听完熟人的转告，开始是兴奋地憧憬，可很快意识到他留在宿舍的痕迹都与女友有关，她没有勇气，牵起他被女友松开的手。太轻的年纪，太浅的阅历，还不知在合适的时间遇到合适的人有多么不易，终是借熟人的口婉拒了他。

女友嫁了。她也试着和别人恋爱。喜欢上了紫衣紫伞。一遍遍翻他留给她的信和诗集。阅尽千帆，因寻不到同他相仿的男子而孤身一人。似无意地向人问起，听说他有了妻。在报上读到他怀旧的文字，知道他也珍藏着夹在初恋女友信中的薄笺，时时忆起紫色伞下紫薇花般的女孩儿。猜想他或许不幸福，期待再有一次机会，让她义无反顾地奔向他。开始注意与他有关的一切消息，在能见到的所有报刊上寻他的名字。得知他的妻，原是个温柔贤淑的女子；读到他有了女儿，是个乖巧聪慧的孩子……他的幸福与日俱增，她的失落愈发强烈。

偶尔接到他的电话，他说："又看到你的文了，字里行间，都是紫薇花儿的模样。"因失落冰冷的心，在他的声音里暖起来。真想跑到他面前，让他的话语，真真切切地伴在耳边！

可她能做的，却只有回避，回避与他相遇。她害怕心中的焰火燃起，将他的宁静和幸福，烧成灰。小城，终是大的，可以安妥地容下她的善良。

小城再大，也还是小的，终于还是在记忆的雨里走到同一把伞下。他说，这样在雨里走下去，真好。他的话音落处，她的泪瞬间滑出。伞外，两只雨燕欢鸣，却朝不同的方向飞。它们的巢，也不在同一个屋檐下吧。

他的电话响起，是他的妻，关切地问他有没有带伞。他有些尴尬地问她："你的他，好吗？"她撒谎："手机没电了，他找不到我，一定急呢。"话说出来，撕心裂肺地疼。

她给他拦了出租，看他上车远去，泪水倾泻而出。这么多年，暗恋也好，错过也罢，为了曾经他眼中的惊喜和惦记，她停在记忆的紫薇花下，保持着最初的模样，却忘记了，该随时间的节拍变换脚步，舞出自己的幸福。

雨停泪过，她会告别记忆中的紫薇花，告别最初的模样，像燕子一样，欢快地去寻幸福之巢。

虽不能比翼，但他们的文字，还会在阳光下、在风雨中，一齐飞。与捉虫的燕子不同，他们的益处，是不伤彼此，除却的，是积在心灵里的尘。

绕你而行

他是心中的一根藤，缠缠绕绕，缚走她十几年光阴。青葱岁月，在女友读给她的书信里认识了他，清风细雨般的字句，听出他的才华横溢和生动细腻。与他风花雪月的女友，自然不知自己的炫耀在她生命中埋下一颗种子。种子迅速发芽蔓生，初见时，那株叫做暗恋的植物已根深蒂固。她与女友交情甚密，自是不肯横刀夺爱，无数个不眠的夜晚，百转千回地期盼着。他读研归来，三个人的小聚，欢声笑语里只照见她的孤独和失落。他望向她的眼神，似乎一如既往都是兄长般的温和关切。她不敢正视他，怕泄露潜滋暗长的心事。

两年过去，她依然是他和女友的背景，于是转身，找个温良的男子，寻常地嫁了。蜜月归来，却听到他和女友分手的消息。身边人要她陪着看爱情片，她借口洗衣躲进卫生间，镜影模糊，依然青春的女子泪湿红妆，曾经的期盼终成现实，而手中，是另一个男子换下的衣裳。

彼此没了音讯。十年里，婚姻平静地安好着，那根藤却依然蔓生在她心灵的角落，他的音容藤叶似的挤满她偶尔寂寞的时光。那个周末，有文友组织外出采风，本来她已拒绝了邀请。却突然接到他的电话，说第一次参加采风活动，听到她的名字，马上要了电话号码打过来。熟悉的声音，满是殷切。什么时候，他也爱上文字？她心中的藤叶间，鼓起一支嫩绿的花苞。

他开车来接她。坐在后座上，她看着他依然伟岸的背影，幸福的帆张得满满的。她把这幸福强压下去，害怕被他洞穿。相仿的年纪，他定有个葱茏的家吧。小心翼翼的问询得到证实，她的旧伤痛一点点渗出，夹在乍现的甜蜜里。

隔三差五地见他一次。因为一次活动，或者一场宴会。他每每微笑示意，要她坐到他身边。她故作坦然，轻盈地走向他。或者是朝霞满天的早晨，她有意路过他每天必去的网球场。那样的时刻，她迷醉于胸中的风起浪涌，脸上却努力表现得云淡风清。

她才知，常读的报刊上，那儿个熟悉的字，竟是他的笔名。惊喜地赞他，他笑着调侃，只盼有一天，与阿妹做纸上芳邻。她多希望，他的话语，不仅仅是调侃！当初抑或现在，他心湖中有没有过她溅起的丝丝涟漪？

她深夜不眠，点击博客，写生命中的错过。她天真地认为，郁结于心的东西，吐出来会释然。却不想情若琴弦，触之有声，故事写出来，那份伤和疼也琴音似的弥漫。她的博，一向人迹罕至，宁静如老山密林，不透风雨。

几天后，那篇关于错过的文后，突然见到他长长的评论，末尾写：读过，心中是挥之不去的痛。另一条匿名的评论只短短一句：撕心裂肺，今天才懂！她一眼看出，那是他的痕迹。她想象他在网络中苦苦寻她的情形，顺着足印走进他新建的博客。从此，两个人，只隔了点击鼠标的距离。评论、留言、纸条，她的所有辛苦和烦恼，都能在点开博客，看到他足迹的瞬间，烟消云散。每日，她接他的电话，听他读摘抄的佳句，听他带着心灵热度的美文，听他诉说工作和家庭的琐事，获得一份丰厚的安宁和快乐。

月明风清，活动归来，他执意送她。两个人慢慢走，长长的路短到一瞬，浓缩了前世今生的幸福。他与她，那么近，又那么远。此生，注定没有一扇家门，同属于他们！

她心中的藤苞疯长着，饱胀得马上要绽开。深夜，突然接到他的电话，缠绵热烈的告白，一改往日温风细雨的关切，原来，与女友牵手的岁月，她就成了他心中的牵念，对文字的迷恋，缘于在报刊上看到她的名字。酒后，他翻江倒海，全是她的影子，便借口到单位值班……她隔壁的小儿，睡得正酣，身边的人，出差不在。她轻轻地打开家门，小区院里的灯已经关闭。栅栏外，伫立着一个熟悉而模糊的影子。这样的深夜，他和她醒着，整个城市都该睡了吧，他的妻和女儿，有没有梦到他的行踪呢？电话响起来，他小声支吾，听得出，是他的妻在关切地问询。

她蓦然转身，向着回家的方向。这一次，是真的要告别了，趁着激情的火焰还没有伤及彼此和爱他们的那些人。

她想，今生今世，从此，绕他而行。只为，他们曾经那么刻骨铭心地，让彼此蔓生在心里，滋长过那么长久的疼痛和幸福。

沙里的玫瑰

　　我家装修，贴地砖和墙砖前，先运进几十袋水泥和满屋的沙。清早，高高大大的贴砖师傅来了，带着个矮瘦的女人。两个人的肌肤，一样的灰黑，是长期与水泥沙子为伴才会有的颜色。

　　男人先拿卷尺到厨房比量尺寸。女人泡墙砖，筛沙子，和沙灰。很快，盛满沙灰的胶皮盆，泡好的墙砖，抹刀和胶皮锤等工具，都已递到男人身边。男人爱怜地看几眼瘦小的女人，开始贴墙砖。女人吁几口气，倚在墙边看男人。这个过程，几乎没有话语传递，只传递着一份娴熟的默契。

　　正是酷暑天，贴完半面墙，男人的脸上胳膊上，就都汗溇溇的了，跨栏背心也湿漉漉地贴在背上。女人将洁净的毛巾用清水涮过、拧干，给男人擦脸上和肩臂的汗。手上满是泥灰的男人，扬起宽宽的额让女人擦汗，那神气像个受宠的幸福孩子。擦完了，女人扯一块纸箱，撩起男人的背心，不停地扇。在男人胶皮锤的敲敲打打和切砖的电锯声里，小巧的女人静静地打着下手，细心呵护着高大魁梧的男人。隔一会儿，女人就微笑着命令一声："歇会儿！"男人就听话地站起身子，直直腰，靠在墙上，喝几口女人递过的水，再点燃一只烟。

转眼到了中午。女人拍拍衣服上的沙灰，洗把脸，捋捋头发，拿了旧皮包下楼。女人回来时，手里拎着大大小小的袋子，分别装着烙饼、豆腐丝、香肠、咸菜、啤酒、矿泉水等。这是中午的餐饮，简单而丰盛。买到这些，女人要走出挺远。在沙子和水泥中间，女人铺上几块纸箱，一袋一袋摆在中间。两个人，席地而坐，吃着饭，说几句话，说双方父母的疾病，说一双儿女的学习，说自家的将来，也说东家西家的日子。牵挂与希望，全在这沙子水泥一样质朴的话语里。吃饱了，女人简单收拾一下，再铺几块纸箱，沙子水泥间，就有了一张洁净的"床"，男人女人，拿纸板当扇子，没扇几下便睡着了。短暂的午休，简陋的毛坯房里，两个人，也许会做一场华美的梦，或许梦到几十里外的村子，他们的几间旧平房，装修得像城里人家一样漂亮。

黄昏，男人女人冲洗一下，脱下脏衣服，换上洁净体面的衣衫，一前一后下了楼。小区外停着一辆面包车，深玫瑰红，虽是二手的，褪了些颜色，却被男人冲洗得很干净。男人还到汽车装饰店里，让人贴了几朵浅粉的玫瑰花。他说过，不能总让她坐在破摩托车上，风里来雨里去地跟他受苦，暂时先买这辆旧车，等将来钱多了，再买辆新车让她坐。也只有这个瘦小的女人最清楚，贴砖是挺伤体力的活，五大三粗的男人，为了她和老人孩子，着急干活挣钱，右肩和膀子早出了问题，胃也常不舒服，汗淋淋地贴一天砖，怕热的他夜里还常失眠，往往过了午夜才能入睡……

褪色的玫瑰红轻快地在晚霞里行驶，几朵浅粉的玫瑰花格外显眼。疲惫的男人女人，都一脸恬淡和惬意，似乎玫瑰红驶去的方向，不是几十里外的乡间旧平房，而是比城里人家还要舒适华美的幸福殿堂。

男人和女人，是我近距离接触的一对民工夫妻，也应该是千百万民工夫妻的代表。他们，每日与沙灰为伴，灰头土脸，艰辛疲惫，却有着沙子水泥一般朴实厚道的情怀。她们的爱，如沙漠里的玫瑰，扎根贫瘠，不惹人注目，绽出的花朵，却是这世上，别样动人的芬芳美丽。

带根的幸福

一缕春风拂开三月的门扉，恢复了轻盈靓丽的女人们，迎着和暖的阳光，迈向自己的节日。妇女节的话题，少不得对幸福的憧憬。于我，那些花儿的记忆，是扑面而来的芬芳，是脸上的笑意和心中的欢喜。那些花儿，扎根在我曾支教的小学。

上 QQ，遇到那所小学的漂亮女教师，问起那些花儿，她回过来的句子快乐地在眼前闪烁："入冬时，大家动员学生带来许多编织袋，校长和小杜老师一针一线把编织袋缝起来，把晒干的树叶放进去，给花儿们做成一条条保暖的被子。我们花那么多心血浇灌的花儿，今年一定开得特别艳！"心如花开，隔着屏幕，我能想见她微笑绽放的模样。去年的幸福扎下根，经历四季，将从这个春天出发，进入一个新的轮回：春风唤醒新芽，茂叶托出繁花，暮春的芬芳，会一直飘溢到萧瑟凉秋。

那些花儿，是去年妇女节后，我和大家亲手种下的。去年妇女节，爱人提回一个鼓鼓的大编织袋，袋子里，是一棵棵带着泥土清香的月季花苗。乡村苦，条件有限，到乡村支教一年，我和同去支教的老师一样，希望留下点儿什么。爱人理解我的辛苦和心事。校园的花池素面朝天，曾和他提起，很想在离开前种一些月季。乍暖还寒的妇女节，向来不爱花儿的他居然冒着风沙跑到花圃里，买回一百棵带根的月季。这珍贵的妇女节礼物，在植树节前种下，在我和大家的呵护下萌芽生长，绽芳吐艳，成为校园中一道入眼怡情的风景。

婚姻中，十几年的相互打磨，已使各自失了棱角和锋芒，日渐寻常的烟火日子，变得圆润而富有光泽。我早已弃了青春时的浮华，不会再因收不到一束昂贵的玫瑰，而锁了眉头或闭了心扉。平实的他，亦不再硬着头皮滋养我的虚荣，不会再挨到黄昏避了人去买一束不能长鲜的浪漫。他的生日，我会煮一碗面条，祈求他健康；买车后，我会计算着他开车的时间，不敢轻易拨那串熟悉的数字，而在夜晚，盼一条平安的短信。粗心的他，不知哪一年，竟记住了我的生日。他更乐意的，是把辛苦换来的薪金偷偷塞入我的钱包，是在冬天来临时买回一捆葱，是定期给我的自行车打气，是在我伤风时硬灌进一杯冲剂，是冒着寒风或烈日到报刊亭寻回载有我文字的杂志……

平淡日子里的关爱和呵护，理解和支持，和妇女节的月季花苗一样，都是带根的幸福。这样的幸福时时扎根，幸福才会根深蒂固，葳蕤芬芳，长长久久。

插花与盆花

　　华美的繁花束，在客厅里光鲜了一天，就开始败落了。百合、六月菊、康乃馨，送来时的亮丽缤纷，只隔了两天，便如女人脸上的残妆，零落不堪了。为配这束插花，特意买了一个典雅的高脚瓶，瓶里的清水，是一天一换的。换水时，腐臭的气息还是快速在屋内弥散。离了株的花枝，实在是脆弱得很，糜烂的速度快过了时间。对这束花，也由初见时的喜欢，变为心疼乃至厌恶了。花束收到的第四天，已是枝颓花谢，让人掩鼻。可惜了漂亮的花瓶，洗净后，孤零零地置于几上。

　　倒是窗外的金达莱，在灰蓝的旧瓦盆里，生动活泼起来。开窗时无意一瞥，便看到那朵初绽的紫色小花，小伞一样的精致美丽，小伞边是几个小巧的花蕾。想到日子日复一日地过去，小伞花们会一朵一朵地绽出来，在一抔土一碗淘米水滋养的枝叶上，展示出一夏一秋的美丽，为那谢去的插花而皱褶的心，又倏然舒展开来。

被买断在花瓶里的插花，像一场轰轰烈烈的暧昧。这场暧昧里，怒放的女子，因为美貌、才艺、富有等优越的资质，被爱虚荣、尚潮流的男人追慕，全然不顾使君有妇，罗敷有夫，不惜离开沃土、根茎、适宜的环境，只图赢取短瞬的芬芳。如花的暧昧，还来不及享受厅堂的敞亮与华美，便已香消玉殒。而窗外的盆花，是烟火女子凡俗的依恋，有极强的生命力。最初，或许还只是一粒种子，或许只生着几片叶子，但因为有赖以滋长的家的盆土，有平实男子日月相惜的阳光与水份，便被时光点染得日益丰盈靓丽。

能把握自己命运的女子，也许不够美丽、富有，尚缺少才情，但可以选择与身下的土壤不离不弃，抛开暧昧的插花梦，扎根素朴的瓦盆，沐浴坦然的阳光和清风细雨，在布衣男子的温情照顾和耐心等待里，一世静好地开花结籽。

凡人的七夕

平凡的母亲，记得每年的七夕。牛郎织女的爱情故事，最早也是从母亲那里听到的。小时候，七夕前几日，若是晴朗的夜，天空繁星点点。一家人在院里纳凉，母亲常指着被一条星河隔开的两颗亮星告诉我们，那是被银河隔开的牛郎和织女，七夕那天，喜鹊们就都飞去给他们搭桥了，一年才见一次，不容易啊。逢七夕，若是阴雨天，母亲就会感叹："难得一见，牛郎织女哭得太伤心了，老天爷都跟着难过呢。"

关乎爱情的七夕，母亲说过的许多话，都与她和父亲的爱情无关。儿时的记忆，父母都是倔脾气，常常磕磕绊绊，吵得脸红脖子粗，直到母亲躺在床上蒙了被子。父亲生够了闷气，就做一顿可口的饭菜，轻掀了背角低眉顺眼地喊母亲起来吃。没有亲昵的动作，没有甜言蜜语，这就算道歉讲和。母亲顺势给父亲台阶下，两人继续辛苦凡俗的生活。

　　一年年的七夕过去，我们都长大成家。父亲突发心肌梗塞住院，被困在病床上不能动弹，一切全凭母亲伺候。病中的父亲脾气格外暴躁，稍有不顺心就向母亲发泄。母亲尽量控制自己的坏情绪，实在忍不住就躲到病房外委屈地抹眼泪。一个多月后父亲出院，母亲的倔脾气已收敛许多。她细心地照顾，使皮包骨头的父亲慢慢胖起来，能下床慢慢活动，渐渐像从前一样东奔西跑。两个人偶尔还会吵，只是吵嘴的频率和强度大不如前。过了一年，母亲也做了胆囊切除手术，陪床伺候的换作了父亲。父亲的性子突然就温和起来，嗓门低了，语速慢了，对母亲百依百顺，照顾得无微不至。

　　病愈的父母除了像往常一样抬杠拌嘴，很少再变颜变色地吵闹。又过了十年，父亲心肌梗塞又发作了，到北京医院做心脏搭桥手术。手术前，信佛的母亲一次次跪倒在观音像前祈祷。父亲又一次平安回家了。

　　那年七夕前，母亲突然说："你父亲快过生日了。"父亲五岁丧母，他的生日于他于我们一直是个谜。母亲看着我问询的目光，说："我问遍了你大姑和街坊邻居家的奶奶们，还是你三奶奶记性好，想起你爸的生日在七夕前一天。多亏了七夕，不然还真不好想起。"七夕前一日，全家人给父亲过生日。蛋糕是母亲执意亲自定做的，大大的蛋糕上，两颗红心相印，几个鲜红的字格外醒目："亲爱的老公，祝你健康长寿！"这是在农村质朴地生活了大半辈子的母亲，给父亲最浪漫的情话。饭后，母亲让我给她和父亲拍合影。父母坐在椅子上，沧桑的脸上是灿烂的笑容。母亲搂着父亲的肩，说："有个老伴伺候着，抬抬杠，逗逗嘴，互相挠个痒，多好……"

从此，每年七夕前，母亲都张罗着给父亲过生日。

关于七夕，只上过几年学的母亲依然只知道牛郎织女的传说，仍不会吟诵"天阶夜色凉如水，坐看牵牛织女星"和"两情若是久长时，又岂在朝朝暮暮"，但她用行动告诉我们，七夕的内涵，是执子之手，相濡以沫；七夕的希望，是与尔偕老，永不分离。

毛坯房里的繁华梦

　　新居交工时，是模样粗糙的毛坯房。找了装饰公司装修，贴完地砖和墙砖后，黄昏，去新房子里看。到楼下，窗子里的灯居然亮着。以为贴砖师傅忘记关灯，心里怨怪着他们的马虎。上楼开门时，里面传出轻微的叮当声。有人在加班干活？进了门，原来是吊顶师傅在忙碌。

　　卫生间里，一个结实的男人站在窄而高的木凳上，仰着头，正用金属条钉龙骨。地上，一个女人一手扶了木凳，一手拿了金属条，也仰着头。她的眼睛，跟着男人手的动作移动，是含笑含情的一双眼。女人清秀，略显憔悴，声音像银铃。她跑来跑去递东西，嘴也不闲着，絮絮地和我说话，像见了久别的姐妹。男人边忙碌，边听女人和我说话，时不时插上一句，温善腼腆地笑。

　　女人的心事，清且浅，随着银铃似的声音，潺潺溪流般，让你看个透亮。她和男人，几年前双双下岗。本就不宽裕，女人身体又不好，女儿也上了小学。男人心疼女人，让她照顾孩子，自己四处找工作，最终成了一家集成吊顶公司的工人。吊顶的活很廉价，一平米才几块钱工钱。男人为了多挣钱，早晨一睁眼，就拉着各式各样的材料，给人家的新居吊顶子。中午晚上加班干活，是常有的事。女人心疼男人，也担心他寂寞，就把孩子寄放到学校附近的助教中心，每天跟着男人，帮帮忙，陪他说说话。男人吊顶的技术越来越精湛，吊出来的顶子，华美细致，让人看了欢喜。活儿越来越多，钱也一点点攒着。

　　"现代人就是讲究，阳台厨房卫生间，也要装饰得像宫殿一样。"女人慨叹，"不知道什么时候，我们能为自家的房子吊顶。"他们的家，在城市边缘，一条古老的巷子里，旧平房，窄小简陋，两个人和女儿住都显得挤。

　　钱一点点攒多了，眼看着够在市郊买一套两室一厅的二手房，可房价涨上去，还得继续攒。女人笑笑，笑中没有失落，透着份自信。看得出，那自信，是因为眼前这个话语不多的男人。女人说，将来买了宽敞些的房子，就可以把男人在乡下的父母接来住，也好让他多尽些孝心，孩子有爷爷奶奶照顾，两个人也就安心了。说起女儿，男人女人的眼睛全亮了，燃起朵朵希望的火花。男人也打开话匣子："闺女可聪明呢，每次开家长会老师都夸。知道她妈身体不好，从小就想学医。盼着她将来有些出息……"

男人微笑地仰着头干活。女人继续开心地和我聊。她说有一次，随男人到几十里外给人家吊顶。去时天已擦黑，活干完，看看表，已近半夜十二点。外面不知什么时候下起雨来，他们没带雨具。只得睡在人家的毛坯房里。没有床，甚至没有一张可以铺在地上的报纸。女人拆掉装吊顶材料的纸箱，铺在新贴好的地砖上。潮湿，闷热，蚊子成群，身上很快被咬出许多包，痒得钻心。可因为太疲劳，他们很快睡着了。女人还做了个甜美的梦，梦到有了自己的毛坯房，男人用一双灵巧的大手，装饰着自家的屋顶……

一天天一年年，平凡的女人，跟着她的男人，辛苦地辗转于一家又一家的毛坯房。乐观质朴的他们，扮靓别人新居的同时，也梦想着自家的"繁华"。他们的繁华，简朴而动人：有一所稍微宽敞些的房子，可以容得下三代亲情，老有所养，幼有所托，岁月静好，爱意融融。

女人的名字

　　女人的名字，也许不够雅，也许缺少韵味，只是与出生时的季节花草相关，随意将"春""花""秋""菊"之类的字眼拼到一起，便被父母亲朋同学老师唤了许多年。

　　婀娜女子初长成，偶尔品味自己的名字，她会有小小的自豪或不如意。白驹过隙，他已出现在身边。她想着张爱玲"于千万人之中，遇见你要遇见的人。于千万年之中，时间无涯的荒野里，没有早一步，也没有迟一步"的今生缘，听着他让芳心悸喜的一声唤，再寻常的名字，也有了高山流水、阳春白雪的高雅和情韵。这名字被他呼唤得渐渐熟稔，她含羞带怯，将自己的名字和他的名字凑成一张红色"凭证"，告别女孩时代，满怀希冀变成女人。

　　女人巧手打理新家，她和他，也许是房客，也许是房奴。

房门轻轻一声响，他推门进来，她的名字被温柔地喊响。喊声带着磁性，吸附着几缕阳光，抑或一掬月色。她气息温热地迎向他的怀抱。他再唤一声她的名字，开始讲瞬息不见的想念，讲一天的见闻。她含情脉脉，赧然而笑，感觉自己的名字，有了阳光的煦暖，月色的清澄。

女人做了母亲。工作、家务、孩子，她陀螺似的转。每天一睁眼，来不及梳洗妆扮，便奔向厨房做早餐。豆浆榨好时，煎蛋刚好入盘。她跑回卧室，拉起睡眼蒙眬的孩子，忙不迭地给宝贝穿衣。系错的纽扣还没重新扣好，他又喊响她的名字。袜子不知从哪里找，衬衣不知穿哪件，甚至领带离了女人都打不好。他的嗓门有些高，全然不似初婚时的温风细雨。她手忙脚乱，应答的声音含嗔带怨。这样的日子平淡着，男人唤她的名字，更多的是因为柴米油盐气暖电。女人的名字，氤氲着温馨的烟火味。

女人鸡毛蒜皮计算着收支。一天，他不声不响地把房产本递到她手里。后来，她接连不断地收到存折，还会收到车辆所有权的本子。大大小小的本子，无一例外写着她的名字。她窃喜，终于证实他是潜力股，觉得自己的名字很殷实。

女人老了。鸡皮鹤发，走路也颤巍巍的。许多时候，她的名字，已被"阿姨""祖母"之类的称呼代替。他也皱纹满脸，比年轻时矮了许多。她和他逛公园，他挽着她的手，轻唤她的名字，慢条斯理地絮叨过往。余晖满天，她回味自己的名字，想起一首老歌的旋律,那老歌的名字,好像是《最浪漫的事》吧。女人庆幸,自己的名字真好,那么简单的一两个字,雅也好俗也罢,因为刻在他的生命里,就有了挥洒不尽的浪漫气息。